悦 读 阅 美 · 生 活 更 美

女性生活时尚阅读品牌

☐ 宁静　　☐ 丰富　　☐ 独立　　☐ 光彩照人　　☐ 慢养育

玫瑰
岁月

赵婕 著

母亲的愿力

Mother
and
My Life

漓江出版社

图书在版编目(CIP)数据

母亲的愿力 / 赵婕著. —— 桂林 : 漓江出版社,
2019.11

(玫瑰岁月)

ISBN 978-7-5407-8730-1

Ⅰ. ①母… Ⅱ. ①赵… Ⅲ. ①散文集 – 中国 – 当代

Ⅳ. ①I267

中国版本图书馆CIP数据核字(2019)第202925号

母亲的愿力（Muqin de Yuanli）

作　　者：赵　婕
出 版 人：刘迪才
策划编辑：符红霞　　　　　责任编辑：符红霞
助理编辑：赵卫平
封面设计：孙阳阳　　　　　内文设计｜插图：夏天工作室
责任校对：王成成　　　　　责任监印：黄菲菲

出版发行：漓江出版社有限公司
社　　址：广西桂林市南环路22号
邮　　编：541002
发行电话：010-85893190　　0773-2583322
传　　真：010-85893190-814　　0773-2582200
邮购热线：0773-2583322
电子信箱：ljcbs@163.com
微信公众号：lijiangpress

印　　制：三河市中晟雅豪印务有限公司
开　　本：880 mm × 1230 mm　1/32
印　　张：8.5
字　　数：180千字
版　　次：2019年11月第1版
印　　次：2019年11月第1次印刷
书　　号：ISBN 978-7-5407-8730-1
定　　价：45.00元

生命如玫瑰。

玫瑰多色；玫瑰有刺；玫瑰留香。

在多少面镜子里

有你我的生命，

在多少深渊之畔

有你我的歌唱。

第二章 / **祖母的高山** ⋯⋯ 51

祖母的高山，是母亲人生的第二个起点。带着原生家庭
的创伤，负载着女性的集体苦难，母亲成了母亲。

第三章 / **女儿的平原** ⋯⋯ 145

因母亲竭尽全力付出，女儿，终于抵达平原。平原辽阔平坦，女儿的命运也变得平坦辽阔，是母亲曾经不敢梦想的生活。

《母亲的愿力》这本书,分享的是:

一、带伤的母女故事;

二、如何理解带伤的亲子关系,并与母亲和解;

三、当女儿成为母亲,如何截断轮回,不让带伤的母子关系,蔓延到自己孩子身上。

前 言

"带伤的母女"关系，"人生的难友"情缘

母女关系创伤

. . .

那一次，在北京百老汇电影院附近，找到库布里克书店，应漓江出版社副总编辑符红霞女士、编辑赵卫平女士的约会，本来是为另一本书《女人的女朋友》。

不知不觉，我们的话题，就深入到"带伤的母女关系"，于是，写作、出版计划中，多了这本《母亲的愿力》。

这两本书，试图梳理的都是"女性关系"。一个是女性与女性之间平行的友情关系，一个是母女两代的亲情关系。

龙应台女士说："人与人、代与代之间的初心凝视，这门个人的功课范围之大、涵养之深、体悟之艰、实践之难，比都会间对于正义的争执要诚实得多，重大得多。"

我想到，在我身边，"带伤的母女关系"，比比皆是。母女关系创伤，就像雾霾对于生活在北京的人，无法忽视。

我感谢她们给我的这两个"命题"。让我有机会，梳理并分享这方面的故事和经验。这些故事和经验，有的是我自己的，有的则来自深切了解的亲朋师友。

母亲的抱怨

...

小区里，探亲的鲍阿姨，看我在散步，就过来和我说话。几句寒暄之后，她向我抱怨，女儿对她很冷漠，她伤心透了，想走了，再不来了。

我对她说："她很记挂您。您不在她身边，每次出差，她都给您买礼物，攒着给您，对吧？"

鲍阿姨说："她那是内疚。用东西打发我。就像有些所谓的成功父母，不花时间和心思好好陪伴孩子，把孩子送到昂贵的寄宿学校，给孩子买各种奢侈品。孩子需要真正的爱，老人也一样。我有钱，我什么都不缺，我就缺女儿心里对我的爱，非物质的爱。我最希望，她和我亲，和我能说知心话。亲情关系，不应该扔些钱物来对付。"

这，让我有些畏惧。担心自己说任何话，都不能安慰她，反倒引起是非。碰巧，邻居路过，约我一起去超市。

去超市的路上，邻居对我说："那阿姨在对你抱怨她女儿吧？我妈就承认，她也找你抱怨过我。有几个阿姨，也经常逮住我，抱怨女儿。"

我笑着说："是呀，诉说，只要不惹出是非，又找对了人，对听说双方，都不失为一种心理治疗。"

女儿的诉说

...

鲍阿姨的女儿小香，是我多年老友。我们把房子换到一个小区，互相陪伴。

最初，小香与我成为朋友，就是因为，她诉说母亲和她的痛苦关系，我能听得懂。

我们认识之初，小香恋爱、结婚、生孩子、生病，都曾与我分享感受。她无法从母亲那里获得任何援助，不是母亲不给，不是她不需要，而是她无法接受。母亲就像一个陌生人，或者"坏人"，以任何方式"靠近"她，包括电话里的问候、关心，她都感到不舒服。

小香希望，能与母亲亲近。她去看心理医生。花了很多钱、很多时间，效果不理想。

作为一家跨国公司的副总，她繁忙辛苦。她把对母亲的爱，努力浓缩在了各种礼物中，就像她经常在出国、出差时，努力把很多必须带的东西，安置到她容量有限的行李箱里一样。

后来，她母亲退休，开始拒绝她的礼物，说，年龄大了，用不了那么多东西，那些东西还是负担。母亲最为迫切的索求，就是能与女儿经常说话、经常见面，最理想的，则是和女儿生活在一起。

小香说，这就是"三十年河东，三十年河西"。小时候，母亲忙事业，是孩子追着母亲不放手。但母亲，毫不留情地甩开了孩子。母亲万万想不到，再能干的人，老了都成了凡俗大众，心理、情感、精神上对孩子的需要，比对饮食男女的需要还强烈。

小香说："她年轻时候，以为孩子只需要物质的爱，到自己老了，才知道非物质的爱不可缺少。但她应该懂得，种瓜得瓜种豆得豆。现在，不是她要什么，我就能拿出什么来呀。"

"为什么中国的母亲，都这样让人心碎？"

...

十几年前，我在"博客中国"写文章，引起读者注意的文章中，有一篇是《母亲的坏脾气》。在这篇文章后面，有一位读者留言写道："为什么中国的母亲，都这样让人心碎？"

还有一些其他留言。

读者"水仙"说："我是一个刚满 11 岁的孩子，不错。"

读者"杀手"，有可能是一位大学生或刚工作的人，写的是一段长长的英文留言，翻译如下："我有一个脾气非常糟糕的妈。我至今还记得，她用手指使劲在我额头上弹，并且大吼，你又那样了，你又做坏事了。她总是对我不满意，而且还经常责备我父亲。最近，她听说我学习好了，就夸我是一个好孩子。可能她就是希望我成为对社会有用的人，变成她的好孩子。对我个人而言，是变成一个有内在的孩子，有内在的人。现在，我没有很多时间回去陪伴家人。我自己一天天长大。有时候，我感觉很沮丧，因为有一个事实就是，虽然我逐渐变成一个大人，但同时，我的妈，也变得越来越老。这，真的是我不希望看到的事情。我希望有一个好的职业和前程，能帮助母亲，让她能够过上轻松惬意的生活，让她不再因为生活的艰辛而生气，而脾气暴躁。"

读者 lyq 说："好文，颇有感触！"

读者"神游天下"说："好文章。轻易不感动的心，却有点湿润。感慨那些破碎往事之后，坚忍成长的人（感慨这些人，对于他身边的人那些不经意的伤害）；感慨那些世代遗传的痛苦；感慨那些艰难的消化（希望作者也给大家一点消化这种痛的建议，谢谢）。"

在这些留言之后，又过了几年，我偶然发现，这篇文章被选入一本书，叫《那些温暖我们的人和事》，选编者是我不认识的一位北师大老师。

是的，母亲的坏脾气，恐怕是母亲给予孩子的"食物"中，最难消化的带毒"食物"。

我也一直在"消化这种痛"。如何"给大家一点消化这种痛的建议"？就像一个病人，只有自己痊愈之后，才能把自己的"偏方"分享出来，供"同病者"参考。当时，写出《母亲的坏脾气》，只是把自己"消化这种痛"的努力过程记录下来。

"带伤的母女关系"，比比皆是

. . .

漓江出版社"阅美文化"的出版者，出版《母亲的愿力》这本书，首先是希望，能够把"带伤的母女关系"揭示出来，至少让"同病者"不孤单；知道，不是自己一个人，在母女关系中受伤、受苦。其次，他们也希望，作者能够和读者分享自己"消化痛苦"的努力过程，以及得到的改善成果。

写作过程中，我把《母亲的愿力》初稿，放到个人公众号里，一些朋友看了，以不同的渠道给我一些反馈，让我了解到，带伤的母女关系，比比皆是。

对于读友们的回馈，我非常感谢。在此，暂不一一列举大家的名字。这些名字，都在我心中。在我的生活、读书、写作中，有一个长长的感恩名单，在我的心中。在此，暂不一一列举。

我原计划，把这些读友的反馈，分享到这本书的前言或后记中。但这些反馈，有些在私人消息里，有些在微信往来中，有些在朋友圈评论里，有些是在电话口头表达里，有些是在面对面交流中。这个过程，持续的时间也不短。思来想去，尽管这些言论十分珍贵，我还是放弃在这里转述这些反馈。有兴趣的读者，一定要追踪，至少有一小部分读友留言，在公众号"赵婕文章"的初稿后面，很方便看到。

在此处，略微分享与一位女友的交谈。

她讲到她与母亲的关系，从小就不亲。因为受伤太深，母女亲密关系那扇门，她不是锁上了，而是拆了门，把门洞用砖石砌上、堵死了。她说，家里要吃饺子，要理一把韭菜，也绝不要和母亲在同一个房间里；而是把韭菜分成两半，自己拿一半，到另外一间屋去清理。因为，两个人挨在一起，不知道随时会发生什么不愉快的事情。

这位女友说："母女关系，本来就可以不亲。亲密的母女关系，恐怕才是例外吧。"她就是心死之后，彻底接纳了这种"绝望"。但她依然孝敬她的母亲，定期去养老院探望她。女友说，她母亲，已经越来越沉入自己的孤独世界，表现出一些"痴呆"症状。我的这位朋友，就以人子之心，出钱出力，把这种不亲密的亲情关系，一世"奉陪到底"。

唯一的办法，是想尽一切办法

...

我自己，也处于"带伤的母女关系"中，与小香，与一些女友，算得上"同病相怜"。

小香在母女关系中，遭受的是心理上的"重度冻伤"，起因于童年缺少陪伴，得不到母爱温暖。我呢，遭受的是心理上的"重度烧伤"，起因于朝夕相处中，母亲过于严厉、苛刻地教育我，我躲不过母亲暴躁的脾气、一厢情愿的厚爱。

我的母亲，和小香的母亲一样。随着年岁增长，也随时流露出对母女关系不亲密的难过。我的母亲，除了抱怨，还做出很多努力，比如，用她自己都不习惯的腻人的方式称呼我，或者说一些与她昔日性格反差极大的"甜言蜜语"。这，让我极度难堪，比她年轻时候，用棍棒打我，还令我难受。

更令我难受和害怕的是，母亲一天天变老，与我的关系，势必会越来越"近"。这种感觉，就像在地铁里，一个陌生人，就挨着你坐着，因为困倦不堪，不和你商量，就靠在你的身上熟睡。

怎么办？地铁到站，陌生人会醒来，与你再无关系。可是，母亲，你要为她养老送终。在她要"靠"在你身上的这段岁月，如果你不让她"靠"，一旦她的人生终点站到了，她下了车，你想通了，可以让她"靠"了，甚至愿意把她抱在怀里，却没有机会了。

但是，现在，你和她"不亲"，心理上，喜欢才有的亲密不可强求，她像个"陌生人"，要"靠"在你身上，你无比难受。怎么办？唯一的办法，是想尽一切办法，"喜欢"上她，在心里与她真正"亲近"起来。只有这样，你才能把一段"苦难"的旅程，变成"甜蜜"的旅程，并且，不在人生的终点站留下遗恨。

母亲，"人生的难友"

. . .

如何去理解母亲？如何去理解带伤的母女关系？

世上的事情，本来没有完美的。人与人的关系，也如此。越是亲密的关系，越容易好坏参半。就算有最好的母女关系，外人也不知道，当事人为此付出的其他代价是什么。

《易经》六十四卦中，除了谦卦为大吉、最好之外，其他每一卦，都是好中有坏，坏中有好。

至于整个人生，更是如此。

中国人把五十岁称作"知天命"，又称作"知非"。就是知道，自己以前做的一切，都是错的。人，似乎需要重新活过。

不过，这世上的女人，绝大多数到了五十岁，当她懂得了很多的时候，她已经是生不出孩子的女人。也就是说，做母亲的人，都是在不懂事、不知非的年月做了母亲的。

有一天，我试着，怀着这些意识，往母亲那边靠近。一句话，从心里冒出来："那个曾经伤害我的人，不仅是我的母亲，也是人生的难友。"母亲，在与生活搏斗的过程中，误伤了身边最亲的人，也伤了她自己。她自己生养的孩子，和她不亲，她付出了更沉重的代价。母亲，不是亲密关系的敌人，只是"人生的难友"……

即使不能"一念转乾坤"，但"寻常一样窗前月，才有梅花便不同"。

当我从这一扇门进去，看到了母亲的背影，理解母亲，多了一个角度。原生家庭的痛苦，有欠缺的母子关系，记忆中的创伤，从"人生的难友"这个角度，去理解、去改善，似乎对我变得容易一些了。

有些关系，已冰冻三尺，但彼此的未来，尚可期待。"可怜天下父母心""可怜天下儿女心"、可怜女性世间苦……有些事情，木已成舟，但对它的理解，总能找到新的角度。

"能力有限"责任公司

· · ·

北京作家张弛和狗子等人，曾经开过一个文化公司。我和朋友第一次去那儿时，看到门牌上写着"能力有限责任公司"，我们大笑了一场。

为什么有那么多"带伤的母女关系"？

我又想起多年前在"能力有限责任公司"门口与朋友大笑的情景。

母亲，是"人生的难友"，也是"能力有限"责任公司的责任人。

有人说："关系太近，缘分易尽。"有人说："要热爱与所爱者的距离。"

能"把亲人当外人"一样，注意礼貌、客气、尊重，肯定有益于亲情关系，尤其是距离太近的母子关系。然而，母亲用自己的肚子孕育孩子，撕裂自己的身体分娩，用自己的乳房喂养孩子，这种"你中有我，我中有你"的母子关系，在追求"距离美"的时候，难度的确太大。这，比让母亲为了孩子奋不顾身，难度更大。这，恐怕，也是儿女需要体察的"为母之难"。

西方的女性知识分子可以说："我发誓，绝不为他人而活，也不让别人为我而活。"这，对于中国母亲，对于在互倚关系中建构自我的中国母亲，即使做得到"不让孩子为自己而活"，一时也很难做到"不为孩子而活"。

我们可以想象一下，人类的婴儿毕竟不是小狗小猫，其成长需要漫长的过程。

如果男人女人，谁都"不为孩子而活"，孩子又该怎么活呢？

当母亲把自己"拿"出来，或者把自己的身体、生命、时间、精力……种种东西"拿"出来，我们终究也要记得，她是"能力有限"责任公司。

对母亲的"伤害"，增加这个理解角度，对于疗愈"受伤的母女关系"，是否又多一点帮助呢？

忘记或牢记，如何选择？

...

在物资匮乏年代，很多人都记得"吃饱饭"的经历，因为吃饱饭的时候，太少了；对物质丰富的当代，很多人记得的也许是"饿肚子"的经历，因为饿肚子的机会，太少了。

在生存的技术还没有变成生活的艺术之前，母亲养大一个孩子，其付出，就算粗陋，也是竭尽全力，难以细数的。太多的习以为常的付出，让孩子不得不忽略。只说一日三餐这一项，就该是多大的付出？如果一个人落到乞丐的地步，如果条件是被打一顿，就给一顿饱饭吃，这个乞丐，是感谢那顿饭呢，还是憎恨那顿打呢？恐怕，他两样都记得。

但在母亲那里，我们会理所当然忘记那无数的饭，牢记母亲的打骂。"不以小恶忘人大恩"，可否用在母亲身上呢？

对来自母亲的"伤害"，增加这个最通俗的理解角度，对于疗愈"受伤的母女关系"，是否又多一点帮助呢？

"不要忘了母爱的存在"

. . .

让我们看看艺术家对"母爱"的思考。

对母亲的"伤害"，增加这个理解角度，对于疗愈"受伤的母女关系"，是否又多一点帮助呢？

2019年5月12日清晨6点，在"宋庄神秘小树林"，艺术家许秋斌、杨青松、何继、王云若，在有点怪异的音乐中，各人手持不同的道具，载歌载舞，录下一段视频，题目叫《感恩母亲》。四位艺术家，每人还说了一句话，分别是：

"反抗身体的存在！"

"强调身体的存在！"

"灵性身体的存在！"

"不要忘了母爱的存在！"

"小孩也是人"

. . .

让我们再从历史的角度，看看儿童教育观念的发展过程。

对母亲的"伤害"，增加这个理解角度，对于疗愈"受伤的母女关系"，是否又多一点帮助呢?

20 世纪以来，社会的发展，社会学包括心理学的发展，对儿童教育观念的推进，无疑有巨大的帮助。

一位美国学者指出："我们正在走向维护尊严这一理想（至少在某些领域）的最明显标志之一，便是 20 世纪 60 年代以来儿童教育的显著进步。20 世纪过半，大人的一句话——'因为我是这样说的'，一直是迫使儿童服从的充分理由。但在后来的几代人身上，我们从只能对小孩'监管而不能听取'的态度，逐渐走向小孩与成人之间的平等——当然不是知识与经验的平等，而是人的地位的平等。"

中国的情况，稍微滞后一些。但从这里，我们可以看出，中国人中的 60 后、70 后、部分 80 后的父母，他们是在什么样的儿童教育理念下长大的，他们做父母的某些行为根源是什么。

60 后、70 后、部分 80 后，长大之后，为何对父母的"伤害"那么"敏感"？是因为社会观念的变迁，让我们身上的"麻药"（也就是：不把孩子当人的观念）失效了，所以，我们的伤口，感到格外疼痛。

教育，让人遇见自己的中年和老年

· · ·

也许，可以寻求更多的角度，去理解母亲，去疗愈"带伤的母女关系"。

尽管，人从母亲怀抱开始人生的过程，会犯无数过错，就像母亲会犯错误一样，但是，教育，给了人类希望。

我们以各种方式获得教育，在人生的每一个阶段，持续自我教育，每分每秒积累的"渐悟"，每分每秒都可能发生的"顿悟"。

让这些力量，帮助我们疗愈"带伤的母女关系"。即使一个人很年轻，通过教育的力量，也可以及早获得幸福。

就像哲学家怀特海说的：教育，让人遇见自己的中年和老年。

母亲的愿力

. . .

不管怎样，受伤的女儿，又成了新一代母亲。

我们已经采取了新的教育模式对待自己的孩子。不过，童年时代家庭教育的创伤，有时候会像魔鬼附体一样，影响我们的教育言行。

同时，我们的时代，也有新的教育难题，摆在新的母子关系面前。

我们的孩子，需要当下温暖，未来轻盈。我们做母亲的，需要"及时理解生活，及时自我强大，及时宽容过往"。

有人说："愚人只知道'为'，智者有愿力，把'为'变'成为'。道力之限，要靠愿力突破。"

一位法师说："愿力是智慧的、柔软的，是有着可行性的……

'神通打不过业力，业力打不过愿力。'所以主宰生命的是愿力，也是人生唯一能够抓得住的属于我们的东西，我们的心力展现出来的正确方法才叫作'愿力'。"

这，也是母亲的愿力，截断轮回的愿力。

2019 年 5 月 26 日于西山林语

外婆的河湾，是母亲人生最初的起点。

母亲身上的才能、创痛、感伤，与她的父亲、母亲、祖母息息相关。

毒药般残酷的生活，需要的"解药"是温柔。

然而，

对于困苦人生，温柔还不能当"饭"吃。

从曾外祖母、外婆、母亲到丽娃，

四代女性，四代母亲，

触目惊心的命运，

还需要社会的巨大改变，

需要个体在教育中自省，

需要"母亲教养"的尽可能完备……

第一章

外婆的河湾

"头破血流" 与 "睁只眼闭只眼"

母亲说，真不知咋回事，一家人前世有仇吗？

讲到外婆两次受重伤，母亲先这样感叹了一句。

母亲说，十几岁的时候，你外婆在那里洗衣服，她那兄弟没事干，就拿了一长串铜钱在那里转圈。人越转越快，越转越快，那串飞着的铜钱，就打在你外婆的脸上，打瞎了她的一只眼睛。

你外婆一辈子带着残疾。有啥办法？亲弟弟打坏的，连个喊冤的地方都没有。还有第二回。母亲说，第二回打破你外婆脑壳的，虽不是那个弟弟，却是那个弟弟的妻子。

一家人前世有仇吗？真不知道咋回事。

母亲说，那天，我舅舅两口子来做客，你外婆去磨豆腐给他们吃。舅母和你外婆一起推手磨。那个手磨的木头把手松了，平常也将就着用。那天，木头把手落在舅母手里，顺势打在你外婆头上，血一下子喷到房顶上……

接下来的细节，母亲讲过不止一回。

有时候讲，是母亲说到外婆可怜，说到"兄弟债害姐妹"；

有时候讲，是说到男女不平等，母亲想起自己在娘家"做女子"时的辛酸，感叹自己从小苦到老的命运；

有时候讲，是说到人要当好人，能帮人就帮人，说到当年的社会风气好，人与人之间重感情；

…………

少年时期，听母亲讲这些，我心里想：你，不也让我从小就吃尽苦头吗？

青年时期，听母亲讲这些，我心里想：你，不就是吃了一些苦吗？别来教训人。

壮年时期，听母亲讲这些，我心里想：你，确实不容易，不过，没有苦的人生，谁见过？有人命定还会多吃三五斗的苦，有什么好说的呢？

到了后来，再听母亲讲这些，我就凭直接、间接的生活经验推想她当时的处境，根据她的性格揣摩她当时的心境，对她所说的细节真诚地关注，担心自己忽视了母亲生命里的伤痕。

这些伤痕，就像一件件随身行李，母亲此生拖曳在身边太久，太沉，太破。也许，我从她手中接过来，替她看管，她就"放下"了。

当年，外婆倒在血泊里时，外公在外地开会，大舅十一岁，二舅六岁，小舅不到一岁，还在吃奶。

十六岁的母亲用背带背着小弟弟，在暮色里奔跑。

外婆家住在木兰溪河湾里，本村其他人都住在山梁上。母亲饿着肚子背着哭哭啼啼的婴儿，爬上山梁，到处去求人救急。

外婆被抬到安和场乡医院，简单处理后，连夜转往县医院。县医院看到情况太严重，不收，建议立即转往省医院。

母亲第一次从河沟到县城。她站在县医院门口，举目无亲，口袋里没钱，四顾迷茫，走投无路，背上是哭睡的婴儿，脚边担架上是昏迷的病人。

四周一片死寂。毫无办法的母亲，在恐惧里对自己说"总有办法，总有办法……"

就在那一刻，奇迹出现了。

从空落落的医院里，走出来一个熟悉的身影。

母亲试着叫了一声，那位"表叔"竟然应答了。

那是母亲村子里一个有出息的人，在县城当干部，平常联系不多。碰巧那天晚上，那位表叔到医院看望一位住院的老朋友。

当这位"及时雨"老乡知道了情况，立即给母亲掏了钱，替她联系了省医院，替她安排了车，让她带着垂危的病人连夜赶往省医院。

母亲说，省医院那些医生医术高明，尽职尽责又平易近人。外婆得到很好的救治，医疗费也由国家报销。

无独有偶，我母亲的头顶也受过重伤，与她的另一位舅舅有关。

小时候，母亲这位小舅舅去背她，小孩背小孩就出了事情。母亲的头顶上，留下了两个大拇指并排那样宽的伤痕。

母亲一生，身体承受各种劳伤的病苦。头上这个无辜的伤痕，给她造成的心理、生理的影响也十分深重。

她把定期的不可捉摸的头顶疼痛和晕眩感，归罪于那次受伤。她把自己不可救药的糟糕情绪和坏脾气的爆发，至少一部分归因于她身心的创伤。

母亲依然喜欢她的小舅舅。她说，无人照料她时，那位小舅舅照料她。因为人小力不从心，才造成意外。

有人问孔子，立身一世就一个字是什么？他说"恕"而已。

"一个都不原谅"，说这话的鲁迅，貌似刻薄，却是情深义重，替"以德报怨"者打抱不平。"以牙还牙、以眼还眼"或"以直报怨"，在嘴上说说，也可解解恨吧。

无论什么痛苦都会过去，无论谁最后都将被原谅。这是"无辜"难绝的惯性，还是皆大欢喜的出路？

回想我的外婆，在我母亲口中，总是一个"黑着脸"的人。想起她曾在我的眼前绽开过一次笑颜，她那卑微的满足感，仿佛照亮了她那眼珠死了几十年的凹陷眼眶中的黑暗。

外婆和母亲头上的重伤，让我想到亲人之间的"头破血流"。

外婆被打瞎的左眼，让我想到中国人的"睁只眼闭只眼"哲学。

啊……，"清官难断家务事"；唉……，没有谁是"故意"的。然而，无论有意、无意，无论天意、人意，受害者所受的伤，是其一生的痛，那痛，有时还会变成种子，让那苦痛绵延。

也许，到某个时刻，人会懂得，命运从何缘起，截断轮回的力量从哪里获得。

祖母绿一样的"祖母温柔"

母亲说，她喜欢《外婆的澎湖湾》那首歌。因为她小时候，她祖母和外婆对她好。

小时候我不喜欢严苛的母亲，也不喜欢病弱的外婆和刚强的祖母。《外婆的澎湖湾》里那隔代的温柔，母性的温柔，对我来说是有隔膜的。

母亲的外婆家在山顶，曾经比较富裕。母亲的外婆给她女儿（也就是我外婆）的嫁妆里，有不少银首饰。

我和弟弟们小时候戴的"老爷帽"的帽檐上，缝有一圈银质的观音菩萨像，母亲的箱子里还有银制的手镯、臂环、钥匙圈。这些，都是我外婆送给母亲和我们的。

外婆的馈赠，早已一件不剩。年少的我们，不懂得珍惜，任由这些首饰到处散落，或随手送人。

母亲除了说外婆聪明，绣花绣得很好，更多是对外婆的抱怨。说外婆自私，只顾自己，把做母亲的责任依靠到她身上。

差不多每隔五年母亲就多一个弟弟。为了带三个弟弟，母亲三次辍学，只断断续续读到小学四年级，就到了谈婚论嫁的年龄。

外婆为了去跳"忠字舞"，上扫盲班，就叫母亲替她去生产队分粮食。母亲年小力弱，在路上摔了一跤，粮食洒了一地，外婆恨她不争气，就把她往沼气池里按。

母亲一边回忆一边评论："你看，她这个人多狠心，多不讲理。我人小，背不动。她还这么待我。"

对母亲的痛苦，我能感同身受。

假如我外婆真是"自私自利"的，我母亲则"叛逆"为利他的模范。母亲的为人处世，有口皆碑。她"毫不利己，专门利人"到了损己也要利人的地步。她急公好义，慷慨到近于无度。

母亲没有靠山，又不是"超人"，却处处要好，事事要强。

她对自己的高要求，在物资匮乏劳动力至上的年代，让她对自己敲骨吸髓，仍然力不从心。作为长女，跟母亲距离最近的我，就被她变成她"自己"的一部分，理所当然陪着她一起"牺牲"。

虽然没有让我辍学，然而，我每天除了上学，还有无尽的农活、家务活等着我，包括照顾祖母和三个弟弟时，还要莫名其妙替他们受气、挨打挨骂。

俗话说"开门七件事"，而幼年的我，早上一睁眼，往往第一个起床，一开门可能就有"十七件事"等着我。一整天我就像个小陀螺，在屋里屋外转个不停。

直到晚上，所有人都上床睡觉了，母亲问一句"门关好了吗？"我还要立即从床上爬起来，摸黑去碰碰其实已经闩好的门闩。

除了"分内"活，母亲还要我主动帮婶婶扫院子；别人送我的好看衣物，母亲不和我商量，转手就送给邻居的女儿当相亲衣服……因为母亲痛恨"自私"，看不起"只顾自己"的人。

母亲自己比我更辛苦，使得她本来暴躁的脾气更加暴躁。记得有一次，我和母亲一起去山上掰玉米。我背着满背篓玉米棒子吃力地走在田埂上，连日的辛劳，我终于没能撑住，摔倒在稻田边。母亲暴跳如雷，把我往稻田里按。那个瞬间，母亲好像被外婆附体……

对于外婆的印象，除了那些早已无影无踪的银首饰，我暂时能想起来的只有四五个片段。

记得春夏之交的一天，父亲来电话告诉说，你外婆去世了。瞬间我脑子里得到一个事实：八十六岁的外婆，在人间的生命结束了。我有些悲伤，但那悲伤不是因为与外婆永别，而是对与外婆永别竟无悲伤。

我想起加缪的《局外人》，主人公对母亲的去世几乎无动于衷。

不知母亲当时的心情，后来也记不起当时是否打过电话去安慰母亲。

外婆去世四年后,我父亲去世。父亲去世三年间,母亲一反常态,逐渐变得温和、豁达、自持,在父亲身边和儿女面前肆虐了半个世纪的坏脾气不见了,那些悲观难缠,像定时炸弹一样随时可能爆炸的言行也不见了。

因为母亲的变化,对母亲的父母兄弟和外婆的娘家兄弟,我开始"谅解",也开始怀念外婆外公,同时遗憾,曾经在外婆外公面前的情感贫瘠。

外婆晚年留给我的一个印象,是从母亲的转述中得到的。那时,外婆瘫痪在床,只是一个"生理人",主要由留在身边的两个舅舅轮流辛苦照顾。小舅家在山上,大舅家在河边。每隔一个月,外婆就被儿子儿媳背着下河或上山,换一家接受照顾。

外婆命苦,在少女时被她弟弟打瞎了左眼,造成终身残疾。不知道在她人生最后的岁月里,在那些一月一度可以看山或看水的时刻,是否还能睁开她的右眼。

我父母晚年很重要的事情,就是定期去看外婆。父亲去世后,母亲挂在卧室的一张放大的照片,就是她和父亲去外婆家时,到了汽车无法开的地方,一前一后步行在春天的田埂上被人拍下的样子。

母亲偶尔会说,我孝敬给外婆的钱,她给外婆买了什么东西。

外婆老年留给我的一个记忆片段,是讲到母亲定亲的事情。那是她一生中留给我的唯一的笑逐颜开的时刻。

她说，来说亲的媒人很多，我母亲都不同意。有一回，人家把求亲的礼放到外婆手里，人就跑了。我母亲回家就拿着去还，母亲在前面跑，外婆在后面追，外婆摔倒在路边，再也追不上母亲，那门亲，就退了。

外婆说："后来，你妈看上了你爸爸。"外婆说到这里，已经笑逐颜开。

母亲所有的娘家人，都喜欢我父亲。恐怕除了母亲，母亲家族里没有人抱怨过我父亲。外公外婆去世后，都是睡在我父亲多年前就给他们准备好的棺材里入土为安。

父亲去世前一天，是我小舅陪着他长聊。沉默寡言的小舅，常常会在一些时刻，去陪父亲说说话，像一对交心的朋友。

外婆壮年时期留给我的记忆片段，是她在雪坡山上追着骂我，我回嘴故意气她。她吓唬说，等你妈回来我要告状。

我记不得她告状的事情，大约她也害怕我母亲的暴脾气，会弄得她和我两败俱伤。那时，我在上小学，她在我家住，帮忙照顾我们。冲突的起因，大约因为做事时意见相左。

外婆留给我最早的记忆，是在我上小学之前。那时，父亲还在外婆家所在的乡镇工作，偶尔让我去他单位玩。他照顾不过来时，就会把我寄放到外婆家。

有一次，外婆独自把我从她家送回到雪坡我母亲这边。三四十里山路，跨过河流之后，还要接着爬山。阴寒的天空下，冬天水田里空空荡荡。大约走完一半山路，外婆边咳嗽边抱怨。

我感到她心情糟糕极了，厌恶极了。不知道是厌恶我这个累赘，还是厌恶周遭的一切。我的双腿被盘在她的腰两侧，头紧贴在她的背上。我感到她的胸腔像个大鼓，她的声音像个鼓槌，从内往外咚咚咚地敲个不停。

外婆身体里，仿佛有人在击鼓喊冤。

然而，那"冤"是什么呢？我从未与外婆有过这方面的深刻交流。

也许，血缘亲人多是出于血缘的本能，出于亲人的惯性，为对方多多少少付出，主要是生理上的照顾、钱物的付出或礼节性往来。

一般的亲人关系，就像血本应在血管里流动一样理所当然。我们并不去触摸亲人的脉搏和体温。直到脉搏不跳，体温不在，我们都没有好好去触摸过亲人的心灵。

比起物质的贫困，亲人不亲，这种情感上的贫乏，到了无法弥补时，才被深深意识到。仔细想来真是令人伤感。

我与我的亲人，无须掩饰这种人生贫瘠。曾经的物质艰困和长久的情感疏离，造成了人在亲情方面的窘迫。

母亲和她的祖母有所不同。母亲说，她的祖母有一张藕白的脸，五官清晰而温柔，绾着发髻，穿着中式盘扣青布褂子。这种家常穿着，大约与她出生在 19 世纪末，大半生都在旧中国度过有关。

我仿佛见过曾外祖母一面。在光线暗淡、气息阴沉、四周杂乱的环境里，她像镜面保持光洁的镜子，在破损的墙壁和生锈的钉子旁边，反射着光线，变成一种明亮的存在。

那光线，来自母亲对她的回忆，来自母亲多年反复诉说的"祖母温柔"。

母亲说，她每年去她外婆家一两回，她外婆会把藏了好久的好东西给她。但她长年与她祖母生活在一起，她祖母会轻言细语化解她年年月月任劳任怨的委屈。有时候，她父母粗糙、不公平地对待她，她祖母就悄悄给她煮一点好吃的，给她安慰。

她父母让她第三次辍学回家照顾第三个弟弟，她知道就要永久失去读书的机会时，一个黄昏，母亲绝望到想跳河，正打算回头最后看一眼那苦难的家，想不到，她祖母正站在她身后，替她垂泪……

母亲说，她祖母从来没有大声说过一句话，总是微笑着的，不知为什么，她就学不到。她感叹，温柔为什么不能遗传。

母亲说，她恨自己跟她父母一样的坏脾气、急性子，改也改不了。她怕祸害自己将来的孩子，要找一个和她吵不起架的人，才能家和万事兴。她就照着她祖母的好脾气和微笑的样子，找到我父亲。父亲比母亲大十二岁，离过婚，没有孩子。为此，母亲也付出了代价——当年"嫁二婚"失去的荣誉感、十二年青春的代价和晚年失侣的孤寂。

曾外祖母留在我记忆中的样子，仿佛是我从梦境中看到的，也可能是通过《外婆的澎湖湾》想象的。有时候，听母亲讲过她的祖母之后，就会听见她独自在另一个房间里哼唱："那是外婆拄着杖，将我手轻轻挽，踩着薄暮，走向余晖，暖暖的澎湖湾……"

母亲的生命，曾经仿佛一棵生在石缝里的树。"祖母温柔"，犹如祖母绿般的滴滴甘露，日日滋润她，让她免于夭折免于枯死，让她萌发生命的翠绿。

那"祖母温柔"，仿佛"象征着仁慈、信心、善良、永恒、幸运和幸福"的"祖母绿"宝石，把一抹命运的亮色，投射在母亲的生命里，也影响了我的命运。

母亲的《地藏经》

母亲说，外公去世后，她给他念诵了《地藏经》。

每念完一遍《地藏经》，母亲就说三遍："愿以此功德回向给陈有福，愿你早日离苦得乐，脱离六道轮回，往生极乐世界。"

陈有福，是外公的名字。

母亲说，她在外公去世后才知道，外公知道自己什么时候死。

有一天，外公穿得整整齐齐，忽然从静安乡木兰溪的家里，到了瓦全镇。

二舅岳父家的小楼就在瓦全镇的东口。二舅从军队转业与二舅母结婚后，就住在那里。

外公走到镇子口，先去二舅家。二舅正要出门，外公在他家一楼客厅站了两分钟。二舅说："爹，我送你到姐姐那里去吧。"

外公和二舅一起，穿过窄窄的老街。

瓦全镇西口是我父母家的小楼。母亲和二舅一样，都很会做饭。

母亲给外公做了好吃的饭，好好招待了他。在我父母家里，外公楼上楼下到处看，到处说好听的话。

逗留大半天后，外公高高兴兴走了。

外公从瓦全镇西口，独自穿过窄窄的老街，从东口二舅家的小楼下路过，走上了回木兰溪的河边公路，隐身在瓦全河岸边绵绵不绝的竹林里。

回到木兰溪，已是黄昏。

母亲和二舅一样，都不知道外公当时怀揣的心思。

大舅们带着小孩子还在地里劳动，瘫痪卧床的外婆正在昏睡。

外公从柚子树上摘下一个柚子吃了，又给自己煮了一碗面条吃了。

夜里，他说肚子有点痛，又对大舅说无大碍。

到后半夜，外公安安静静走了，终年八十五岁。

葬礼结束后，从木兰溪回到瓦全镇，母亲连日给外公念《地藏经》。

小时候，因为母亲对我很凶，我恨外公外婆给我生了那么可怕的一个妈。

当我一知半解懂一点点"原生家庭之祸"的理论，又恨外公外婆在我母亲小时候待她凶狠，恨母亲中了他们的毒，学了他们的样子对我凶狠。

外公如何对母亲凶，母亲对我父亲说时，我听见过多次。

外公壮年时期，让未成年的母亲，和他一样，高强度劳动一整天，一天接一天，一月接一月，一年接一年。母亲说，她是家里老大，又是女子，家里没办法时，就牺牲她，忙起来时，比牛还累。

有时候，母亲的力气跟不上，外公急了，就打她。有一次，拿着牛圈门上拦牛的木头杠子打她。那木头杠子比成年壮劳力的胳膊还粗。

对这些往事，母亲一次一次说起，表达她对她父亲的意见和她对自己命运的审视。往往，她会夹杂着"我爹也是没办法"或者说"我自己也不会保护自己"那样的一句叹息。

母亲说，她出嫁的时候，外公想到要给三个儿子娶媳妇，没有什么嫁妆给她。还是她祖母把自己当年的陪嫁箱子给了她。

后来，三个舅舅都成家立业后，外公攒了一点钱，把老木匠请到家里，做了一些箱柜，刷上红漆，画上蓝绿图画，说是补给母亲的嫁妆。

为了让外公心安，母亲就收下了。有个亲戚家的女儿，出嫁前到我家做客，看见那些"新嫁妆"，说很喜欢，母亲就送给她做了嫁妆。

母亲对外公的心意很赞赏，说，那是"公平"。

由于对自身命运的切肤之痛，母亲有很重的"公平"意识。

母亲出生于1947年，在她所受的有限教育中，"人人平等""男女平等""妇女能顶半边天"这样的观念，是深入到她意识里的。

生活现实给她的切身体会，与这样的观念，无论多么冲突，也不动摇她的信念。

她在自己力所能及的范围内，追求"公平"。

她会批评我父亲，也会检讨她自己。

儿子不讲理，她会替儿媳妇说话；儿媳妇有过失，她会替儿子说话。

给东西，她会念及儿孙中每一个人，她操劳就很多很细。比如，北京有三四处要寄东西，一个大包裹往往寄到我这边。打开看，她会工整细致地分装一模一样的三四个小包裹，写上每一个人的名字。既显示她不偏的爱心，也不给分发的人添麻烦，还让我们因为这些东西增加团聚。

她需要一点药物，也分散着"麻烦"不同的孩子，不愿意只是增加其中哪一个人的负担。但每一个母亲的天性，是同情孩子中稍微弱的一方。其他孩子给她的钱物，母亲自己节余下来，给了某个更需要的孩子，她又会有内疚，恨自己能力不够，不能靠自己直接资助。

母亲说，外公是让她吃了不少苦，但外公喜欢动脑筋，懂得规划，教给她很多劳动技能和生活经验。有一件事，她就很感谢外公的"先见之明"。

母亲嫁到雪坡后，从祖母手里只分到一间旧房。

外公对她说："你咬牙也要先修房子。到了后头，孩子一个接一个来，你就顾不上了。"

母亲在结婚一周年纪念日生下了我。她听了外公的建议，和父亲举债、欠人情修房子。

修好宽敞的大瓦房后，接下来的六年，母亲每两年生一个男孩。

修房的债务、人情尽快还完，祖母到了卧床需要照顾的日子，三个男孩一天天长大，我也要去学校读书，母亲更少了帮手。

母亲一次次暗中庆幸，是外公的提醒，让她早早解决了房子的问题。

有人羡慕、夸赞母亲修的高大宽敞的瓦房。母亲深知自己和父亲背后吃的苦。

从小，母亲就告诉我，不要去嫉妒任何看上去比你过得好的人，人家是付出了代价的，如果是享受了祖宗荫德的，更不要去嫉妒。

母亲说，吃喝玩乐的人自己安逸的时候，别人在辛苦劳动。辛苦劳动的人享受自己的成果，吃喝玩乐的人又去眼红人家，这是什么道理嘛。

尽管母亲喜欢"公平"，但她不认为自己有权在儿女之间"均贫富"。母亲说，兄弟姐妹愿意互相帮助，那是他们自己的情分；就算一母所生，人与人之间，也没有理所当然的事情。

母亲说，你外公一辈子辛苦劳动，除了生产队和家里的农活，还要当干部。有时候就只有通宵不睡觉，从河边砍竹子，就着月光剃掉竹叶，长长的竹子拖回家，点着灯，磨快刀，破竹子，编各种竹器，卖了给家里赚钱。

母亲说，像你外公那样心灵手巧的人，苦了一辈子，也没有享受过，又该到哪里去喊冤呢？

母亲说，地藏菩萨发愿"地狱不空，誓不成佛"，我给你外公念《地藏菩萨本愿经》，超度他，愿他来世有福。

丽娃啊，丽娃

母亲说，出头的椽子先烂掉，"皇帝爱长子，百姓爱幺儿"。

在农村的漫长岁月里，生为既不是"长子"也不是"幺儿"的长女，是不幸中的不幸。

在公、婆、丈夫的热切期待中，头胎生了女儿，母亲的处境、心境就会不妙，好，是锦上添花，坏，则是雪上加霜。女儿，要么常被忽略，要么成为出气筒。

母亲离开熟悉的娘家，在婆家地位未稳，把头胎"练手"生的长女，拿来当出气筒的机会自然不会少。

接着，弟弟出生。母亲的地位会有所改善，长女却不会跟着"鸡犬飞升"。

在被忽略、当出气筒之外，增加了劳役，就是当母亲的辅助工具，被来来去去使唤不停，即使那个女孩，自己也还需要呵护。

如果遇到缘分不好的弟弟，还会跟着有意、无意伤害照顾他、为他牺牲的姐姐。

有人的地方，就有争夺，所谓亲人之间，空间狭窄，距离太近，更难避免。缺少生存资源的人之间，争夺生存资源；衣食无忧的人之间，争夺自尊、自由、爱与优越感。

这，是一般情况。当然，人间也有很多反面的例外或其他略微不同的情况。

想来，我的母亲家族和父亲家族，从祖辈到我，女儿都是稀缺的。

除了我祖母有一个妹妹之外，外婆、母亲和我都是独生女，我们后面都跟着一串"弟弟"。

我的父亲，很宠爱我，也不是因为"物以稀为贵"，而是我父亲爱每一个孩子，对任何人都是心软的。又因为我与他性情投合、缘分投合，我们的关系就更好。

但我的性别和出生排序，也就是所谓的"姐姐"这个角色，以及这个角色因为早年的"童子功"养成的"奋不顾身"的习惯，在不同时期带给我的不同创伤，并不因父亲的宠爱而减少。

父亲的宠爱，充当的也是"医药"的作用。

父爱这服"药"，帮我解了一些毒，疗愈了一些伤。

是父爱，让我发现父亲这位"医"。让我看到一个慈悲、宽宏、大气的男性，他超越于女性负面之上的一些美妙风光，从而滋养了我的生命，对性别遭遇中不幸的一面，有所逃脱。

同时，父亲在物质、精神层面提供的安全感和保护，对我抵抗伤害，也是必不可少的。

来自"父系"世界的偶然幸运，加上从各种伤害中获得的锤炼，最终，我越过了人生起点的"负数"，过上了正常的平安的生活，给了自己孩子一个可以从零开始的人生起点。

然而，我常常意识到，如果不是那些偶然的幸运，我的人生，也有可能是丽娃的人生。

丽娃啊，丽娃，想起她，就像想起我的母亲、我的祖母，眼泪有时候真的止不住。

丽娃，是我大舅和大舅母的长女。

如果我要刻意避免"苦大仇深"的沉重，我也能从大舅身上找到一些欢乐和幸运。

据说大舅醉酒后，是个激情洋溢的人，喜欢高谈阔论。我没有见到过。

小时候，外婆家的木兰溪河边，绿竹红桃映着碧水。那些桃树矮矮的，开满花，我不用踮脚就能摘到桃花。三月桃花六月桃。满身胭脂红的桃子，大大的，大舅一早摘了给我们送到雪坡。

盖在胭脂红上的灰绿桃叶蔫得像大舅疲倦的笑容。小狗、我和母亲，相隔几十米，陆续出现在我家雪坡院子前的田野上，像渴了在山里用手掌捧着喝泉水那样，我们迎着大舅走去，捧住大舅顶着暑热走远路的辛苦。

我很少在木兰溪见到长在树上的桃子。它们好像年年都长在大舅的竹背篓里。

我看见过桃子摘空之后，满身褐色桃油的桃树，像分娩后满身黏液的母牛。那个时候，怎么去回忆桃花灼灼，都盖不住那种印象。

想起桃子的胭脂红，想起桃花灼灼，我容易想到大舅母。

大舅母个子高挑，眉眼俊俏，开朗热情。天天起早贪黑，忙完家里忙屋外，忙完老人忙孩子，但舅母那张白里透红的脸，晒不黑；她那单纯舒展的心，不打褶子。

她头一胎生的是个女儿，长得比大舅母还漂亮，乳名叫海棠。

当年在木兰溪插队的重庆知青，看到女孩极美，说她是一个丽娃。丽娃，就成了我这位大表妹的名字。

第二胎，大舅母生了一个男孩。第三胎，大舅母又生了一个小女儿。

到此为止，有好妻子、儿女双全的大舅算是"幸运"的。作为农村人，作为长子，他至少比那些当"姐姐"的农村女孩幸运那么一点点。

尽管，艰辛的劳作，把他压榨得又瘦又小，但在亲族中，他和大舅母留给我的印象常常是笑容满面，即使是疲倦的笑容，也仿佛如芍药花开得满满的。

悲剧接连发生，不能只说，是大舅运气不好，或者说是因为他们还不够努力。

先是小女儿摔倒在火塘里，被烧伤了半边脸，留下赫然的疤痕。因为当时，大人要干农活，户外太冷，只能把孩子留在家里，留在火塘边，由身体不健康、精力不济的老人看管。好在，这位小表妹只是破了相，身体是健全的，精神是健康的。长大结婚后，小夫妻俩外出打工，挣了点钱，到恩阳镇买房子，却遇到骗子，钱几乎被骗光。他们伤心到喝药自杀，幸好救了回来。久经波折后，终于了断此事，没有人财两空。

还是不得不说到丽娃了。多么希望没有下面的事故，没有这个故事。

丽娃啊，丽娃，亭亭玉立，如桃花，如海棠，在木兰溪的河边上。

丽娃啊，丽娃，天真纯洁，在绿水中渡河时，坐在船舷边照眼睛，在渡口的白色激浪里洗长发。

那个时候，在丽娃心里，还只有爷爷的竹林，心里还没有一个少年，也没有边城少女三三那种望人不归的惆怅。

就在那个时候，附近几家有好儿郎的父母，正在暗暗筹划上门提亲。此时，丽娃得了一场病，高烧不退。

丽娃吃了村医的药。

庆幸吗？反正保住了一条命。

有没有更好的结局？丽娃变呆了，丧失了各种行为能力。再也不是父母的好帮手，再也不是少年期待的梦中人，再也不知道原来的自己去了何处，再也不明白现在的躯体里那些感觉意味着什么。

丽娃周围的人们明白，她如今有一条什么样的命。她需要什么，她靠什么换取。

能干的好心的媒人，给丽娃说合了一门亲事，说服丽娃的父母，让丽娃出了嫁。

丽娃的丈夫，是附近一个比她大三四十岁的孤寡老人，家里有房子有锅灶有水缸有牲口棚。嫁过去不久，丽娃就怀孕了。大舅母不时去照顾一下，有时候也接到娘家来。但那个时候，大舅和我表弟、表妹夫妇们都在外打工挣钱，大舅母一个人在家，要照顾瘫痪的外婆，要给外公按时做饭，要照顾好几个孙子和外孙子，还有猪牛鸡鸭狗，还有庄稼地……

丽娃也不能总是离开自己的家。她唯一剩下的劳动技能是割牛草，她家里还养着牛，要她负责牛草。就在割完牛草，给牛喂草的时候，丽娃临盆了。身边没有人。

丽娃像母牛那样，把孩子生在牛屎堆里。

那天，下着雪，大地洁白，牛粪温暖。

母亲说："不知道是不是做母亲的本能，丽娃就在牛圈里等着被人发现，把血糊糊的孩子抱在怀里，自己还咬断了孩子的脐带。你说怪不怪，没人教她，她怎么知道的。"

大舅说："是个男孩。管他的，我们帮她养大。孩子长大后，就能养她。我将来也能安心……"

　　大舅那天喝醉了，没有高谈阔论，就说了这三句半，笑容满面端坐在那里，再也不发一语。如一尊笑容满面的雕塑，在有生无生之间；如一尊佛，再也无欲无求。

祖母的高山，是母亲人生的第二个起点。

带着原生家庭的创伤，负载着女性的集体苦难，

母亲成了母亲。

出于对女性命运的理解和同情，

母亲与公婆、妯娌、丈夫的前妻、周围的女性友善互助。

出于对女性命运的担忧和不服，

母亲对女儿严加管教、着力培养，希望女儿有崭新的未来，

然而，

也因此让女儿遭受过犹不及的身心创伤，

同时，

母亲自己也不得不承受母女不亲密的孤独。

第二章

祖母的高山

父亲的前妻

母亲说，女人最不容易。

这是她作为女人的切身体会。

在农村生活中，在同等社会条件下，母亲，体会到作为女人更深的艰辛。

她把那些深入骨髓、拔不出来的痛苦，归咎于她是女人。

这种深切的自我同情，令她推己及人。以至于，她没有情敌。女人，不成为她的敌人。

对待父亲的前妻吴妈妈，母亲就是这种立场。

母亲说，父亲离婚后，在青年水库工地上，偶然看见她，觉得她很特别，就托媒人去打听她，才知道她是木兰溪的团支书。

父亲也给母亲讲得很清楚，他有过十年婚姻，前妻不能生育，本已找到了要抱养的孩子。"文革"中，前妻要与他划清界限，两个人就离了婚。

吴妈妈离开雪坡后，父亲对她不再提起，乡邻则把她与我母亲对比，觉得一个地下一个天上。

母亲与父亲结婚七年中，给他生了一女三男。

吴妈妈听了消息，给祖母带信，说想来看看父亲的几个孩子，祖母对母亲说："孩子是你生的，你说了算。"

吴妈妈带着她亲手缝的四双虎头鞋，很谨慎地来到我家。

母亲要我和弟弟都叫她吴妈妈，又像对娘家人一样款待她。

吴妈妈离开时，哭得都站不起来。

后来，吴妈妈得了重病。母亲听说了，叫父亲安排她住院。母亲又带着我，几次去医院探望她。

母亲对我说："吴妈妈，没有脑筋。'文革'和你父亲划清界线，是别人的撺掇害了她。你父亲，心软，脾气好。她运气好，碰上了，结发夫妻，却没有守住。男同志，不原谅，还是有些自私。"

抱怨父亲"自私"，但她也有"自私"的时候。

有一次，吴妈妈又来我家。走之前，母亲问她，可有什么困难，她说没有，却又背着母亲，私下去找父亲要钱。母亲觉得她有些糊涂，渐渐地，对她，也就保持淡远的距离。后来，吴妈妈的消息，我也没有再听到。

母亲与祖母

母亲说，她这一生，最佩服的人是我祖母。

二十岁时，母亲嫁到雪坡。第二年，母亲生了我。

三十三岁的父亲，盼望十多年后，有了第一个孩子，喜不自胜。但，祖母不喜欢我是个女孩。

父亲弟弟家，我叔父的长子已经三岁。在我出生一个月后，又在祖父生日那天，我婶婶生了第二个男孩。

祖母更顾不上我了。

母亲说，我堂弟，祖母整天抱在怀里，随时给他换尿布、给他吃，生怕孩子受了湿、挨了饿。

从山坡上回来，母亲看见，我腿上有了尿疹子。她质问祖母："你大儿子，没有孝顺你吗？这不是你儿子的孩子吗？你怎么就把她放在箩筐里，不管不顾？你也是个女的，对自己的亲孙女，为什么不善待？"

母亲说，那是她到雪坡后，第一次和祖母吵架。

母亲说："你祖母是个聪明人。响鼓不用重槌。那一次说了，她就不那样对你了。"

母亲说："你看我，看你外婆，都被家里的男人打伤、打残。他们也不是故意的。怪就怪在，那些舅舅，那些兄弟，怎么就没有人把他们打伤、打残？受伤的，怎么都是女的？还不是大家不把女人当回事，不把女人当个人。"

几十年后，父亲去世前一个月，对我说："你母亲，了不起。往年，农活那么苦。家里经济也困难。多数时候，我也不在家。你们一生病，你母亲就急得不行，怕被耽误了。夜里，黑灯瞎火。她赶忙背着，翻山越岭去找医生。又怕被医生治坏了。她自己还看医书，什么情况，都要自己掌握才放心。原来那点教育基础，有用，但不够。一辈子，你妈都在自学。农村里，好多孩子，家长顾不上，不是伤，就是残。你们，都好好的，你妈的功劳大。她不让任何人欺负你们，连蚊子要咬你们一口，她都不允许。"

父亲也说祖母"了不起"，说她和我母亲一样，说他一辈子最佩服的人是我祖母。

母亲和父亲一样，佩服祖母为人勇敢、清静、自尊、热情。母亲深深同情祖母一生承受的"女人苦"。最后，她甚至理解了祖母为何"重男轻女"。

勇敢的厨娘

说到祖母的"勇敢",母亲讲过两个小故事。

母亲说,祖父的老家在过街楼,祖母1907年也出生在那里。

曾祖父赵宗先,能够识文断字,是管赵家祠堂的。他与曾祖母李开元育有三男一女。

大爷爷是私塾先生,抽鸦片,家产尽失。祖父生于1906年,也跟着兄长学会抽鸦片。祖母嫁过去时,赵家家徒四壁。

20世纪初期,四川大量种植鸦片。很多男人染上了烟瘾,妇女苦不堪言。当时流传一句俗话:"要吃巴山饭,婆娘打前站。"

母亲说,没有办法,活不下去了,祖母从过街楼悄悄跑了,跑了十几里路,到了雪坡,找到地主家,给人当厨娘,俗称"火老大"。

在雪坡帮佣八年,祖母站住了脚。

二十七岁那年,她回到过街楼,把抽鸦片的丈夫、寡居的婆婆和未成家的小叔子,一起接到雪坡。

在雪坡山脚下,也就是后来,曾祖母、爷爷、祖母去世后安息的祖坟地,他们砍树、割草,搭了一个窝棚,安了一个家。

二十八岁那年,祖母生下我父亲,她的第一个孩子。

母亲说:"那个年代,为了生存,你祖母就一直在外帮佣,不能回家。结婚八九年,才开怀生第一胎。有些难处,你想也想得到。

要不是你祖母勇敢，走出雪坡这一步，慢慢兴个家，你们，还不知在哪里。"

母亲说，祖母生我父亲前，遇到过很大的危险。是祖母临危时刻的镇定，保存了母子的性命。

当年，四川的兵匪，常冒充红军，以"剿匪"的名义，四处横行，被当地人称为"乌老二"。

"乌老二"要来时，大家得到消息就像"跑警报"躲炸弹一样，到山里去到处躲藏。

祖母怀孕好几个月了，走不动，晓得山路边上有一个岩壳，她就分开刺丛钻进去，家里的狗也跟来了。

母亲说："你祖母跪在地上，一手轻轻搂住狗，一手抚摸它的背，眼睛看着狗的眼睛。

"狗浑身发抖，一声不吭。

"你祖母结拜的一个姐妹，和她一起当厨娘的，比她大十几岁，比她晚几步从家里出来。只需几步路，就能在山洞和你祖母会合。在路边，她迎面撞上'乌老二'。你祖母亲眼看见，'乌老二'手起刀落，她干姐姐人头滚地，头发全散。一个'乌老二'提起那头，扔出老远。

"等到'乌老二'走远，你祖母去捡回那个人头，把发髻给她绾起来，把她的身体从惊吓出来的小便里、血水里推开，把头给她安上，折些树梢，给她盖上。回去后，又叫那干姐姐的儿子，去收尸。

"你祖母，又进了厨房，给地主家做午饭。小狗摇尾跟在她脚边，她就把剩饭喂它吃几口。

"躲过鬼门关，你爸爸平安生下来。'阴脚子'跑来告诉你祖母，说'这个孩子不是你生的，是祖上给你送来的。你这辈子能享这个儿子的福'。"

母亲给我讲的这些片段，我也从父亲口中听到过。

父亲出生于 1935 年。20 世纪前半叶，川东地区历史，我曾查过一点资料。

父亲出生那段日子，也是我的故乡巴中兵匪成灾的日子。许多平民被无辜杀害。

据《四川月报》报道，到 1934 年 11 月，"全川在这次兵灾中共死亡人口为 111 万之巨"。当时，巴中全地区"已发现的尸窖，在五百窖以上，合计被杀人口在十二万以上。城区户口全家绝口者一千八百余户，家主见杀者五千余户"。

报道还说：花丛垭"即有四十九坑"尸窖，"恩阳河方面，附近数十里中，亦杀三万余人。文治寨上，且有万人坑甚巨"。

清静的寡母

母亲说："有人把一包鸦片存在你爷爷家里，被隔壁两口子偷去，也拉你爷爷和另外一个人去抽。

"鸦片的主人来要鸦片。他们赔不起，不敢承认这件事，只好到庙里去'许红猪大愿'。就是杀一头猪，洗得很白，再全部染红，抬到庙里。摆好红猪之后，他们跪下磕头。在神明面前，他们红口白牙发毒誓说，如果鸦片是他们抽了的，都不得好死。

"鸦片主人放过了他们，神明没有放过他们。这四个人，在壮年，都死了。你爷爷，死在1950年，才四十四岁。染个小病就死了。你祖母，当时四十三岁，她去世时，守寡将近三十年，受了多少孤苦。

"你爷爷在世时，也不太争气，除了抽大烟，还讨女人喜欢。不过，你祖母厉害，拿着竹竿满院子追着，要打你爷爷。打是没有打着，但你爷爷也就不敢胡来了。"

我听父亲说过，爷爷个子高高大大的，性情温和。做佃户，给地主家交粮时，掉了几颗粮食在地上，地主婆子骂了他一上午，他一声都不吭。

母亲说，祖父去世后，祖母一直清静自守，安心抚养、教育几个孩子，把自己当母亲的责任放在第一位，有自我牺牲精神，这是她最佩服祖母的地方。

自尊的家训

母亲说，你祖母的人品、口碑最好。孤儿寡母，那么穷困，从不在心里指望别人，不是自己的东西，一粒灰尘都不沾。

靠，就靠自己的手脚。人要自尊。这些，是祖母的家训。

爷爷去世时，十五岁的父亲，在大爷爷当先生的私塾，正读"四书""五经"。

爷爷病逝，父亲辍学回家，承担起长子的责任。

先是到处叩头，请村中长辈帮忙安葬了祖父。

为协助祖母养家活口，父亲拿着祖母交给他的全部积蓄，央告一位村中长辈，陪他去一个叫"扫塘河"的集市，买一头小牛。

父亲给我讲过买牛那天的情形。他笑着说："就那么一点钱，只够买一头小牛。一早就从雪坡去了牛市，看中了一头小牛。早上出价高，我们就在近处，转来转去一整天。钱在手里捏出水来。

"等到太阳落山的时候，那头小牛还在。把手里所有的钱，一文不剩都给了人家，我们才牵走了小牛。一天没有吃饭，也只好牵着牛往家里走。

"走到一个关卡，要收过路费。我们又退远一些，躲起来。等到天黑了，关卡撤了，我们才牵着牛往家里走。"

父亲说的"扫塘河"，我只去过一次。

那是雪坡周围"看得见、走得哭"的一个集市，藏在一道最深的峡谷里。在"扫塘河"望雪坡，就是"望天"；从雪坡去"扫塘河"，村里人叫作"神仙下凡"。

父亲为赶早去集市，走峭壁上的近路。那条路叫"天梯"。天梯下面，是足以让人粉身碎骨的深渊。

回雪坡时，父亲牵着小牛，走的是村子西南角那一条远路。那条路叫"风边岩"。在森林边缘，靠近悬崖的一侧，人们世世代代，踩出来一条土路。悬崖边，上百棵巨大的松树，是祖先们留下来的"护路神"。它们形成屏障，和连绵的森林，把那条土路夹抱在怀里。

走完"风边岩"，还有一段高高的石梯路叫"枷担湾"。然后，不断下降的缓坡路，在森林、田野延伸，绕远接通到"扫塘河"。

钱少买的小牛，正适合与十五岁的少年组队，共同支撑孤儿寡母的生活。

父亲微笑着说："我那个时候，还扛不动耕田的犁头。你祖母，就帮我背到田边。又帮我，把小牛拴在犁头上。我就慢慢耕。

"小牛很乖，有灵性。我累了，想站着歇一下。我一站，它也马上停下。歇一下，又继续。我一扶犁，绳子一动，小牛就知道，又该走了。它，抬脚就走。

"估计，是水田里湿气太重，我的腿生了疮。烂了一两年，也没钱去治。该下田，还是下田。水里来，泥里去，病，又被泥水治好了。这头小牛，也在那一两年，长大了。不像有的牛，要狠狠抽鞭子，才能干活。我的牛儿，我一回都没有打过它，吼也没有吼它一声。"

母亲说："孤儿寡母，不容易。你祖母会想办法。买一头牛，耕田，耙地。牛儿长大了，还能到别人家去换劳力。人家用一天牛，就帮你祖母做两天工。那头牛，后来老了。拉不动犁耙，就养在那里。牛老死后，大家分牛肉。你爸爸，你祖母，一口都不吃。"

母亲说："没有家底，你祖母要养五个孩子，再努力，还是穷。人穷，就被人看不起。你爸爸去亲戚家，喝一碗粥，豆瓣下饭，多夹了一个豆瓣，亲戚就给他看脸色。你爸爸站起来就走了。三十年河东，三十年河西。后来，亲戚有事，来找你爸爸帮忙，你爸爸照样帮。"

这个故事，我印象很深。我读高一时，去父亲在县城的一位朋友家做客。叔叔阿姨款待了我。那位阿姨不断给我夹菜，说："农村孩子，可怜。多吃点，多吃点。"

我离开时，阿姨又硬塞给我两个大橙子。走到街上，我就把那两个橙子扔进垃圾桶。过春节，回到家里，我得意地对父亲讲了这件事，表示我如何学习他小时候，遵守祖母的"自尊家训"。

一向对我不说重话的父亲，严厉地批评了我。那是我记忆里，唯一的一次，父亲那样严厉。父亲说："你读书，读到猪肚子里去了？学东西，不要学皮毛。要识大体，看本质。那位阿姨，真心待人，只是不会说话。真人难巧，巧人难真。你辜负了人家的好意。人不知好歹，是个什么人呢？"

父亲这一次教育，让我懂得了"得意忘言"的另一种含义。

热情的女主人

叔父说，祖母热情好客。

有一次，乡邻们在我家附近劳动，天下起雨来。

祖母把大家招呼到家里歇息。

把厨房里用来煮饭的柴草，全部抱到火塘边。给大家烧起旺火，烤干淋湿的衣服、头发。

火塘的鼎锅里，烧着开水。

没有茶，祖母在每人面前倒一碗白开水。

没有茶点，祖母想了一个办法，把老坛的酸泡菜，都捞出来，切得细细的，给大家煮了一锅泡菜汤。

多少年，乡邻都在回味，祖母那一锅泡菜汤，热热的，好滋味。四川人喜欢在做鱼时放酸菜。吃酸菜鱼时，我喜欢吃这道菜里的酸菜，胜过喜欢吃其中的鱼。这时，我容易想起祖母的酸菜汤，没有鱼的酸菜汤。

"女人苦"与"重男轻女"

母亲说，你祖母也维护过你。

父亲初婚无子，困扰祖母好些年。在农村，人丁，是最大的财富；更不说那个时代，"无后"，是最遭人刻薄的处境。

一位乡邻，当面给祖母难堪。在背后说我父亲"断子绝孙"。

在我之后，母亲接连生下三个男孩。有一天，乡邻路过我家门口，与祖母打招呼。恰逢弟弟们打闹得欢。

祖母说："你看，孩子多了，请你喝口茶，都不得清静。"

乡邻不接话，却说："你那孙女，咋不像你白皮细肉，倒像她外婆家的，生得黑黑的。我家的孙子，生得白白的。"

祖母说："沉香黑，白纸白。宁要沉香一两，不要白纸千张。"

我问母亲："祖母不是'重男轻女'吗？"

母亲说，你祖母，那是顺着旧时的想法，她也是知道女人太苦了，不想后人再受那种苦，就不愿意看到家里生女孩；再说，农村人，靠力气吃饭，风里雨里，泥里水里，女人更难。

婆媳如姐妹

母亲说，祖母说给她许多好话，她多次逢凶化吉，都想到祖母生前对她的祝福。

母亲的愿力

母亲说，好怪，只要夜里梦见你祖母，白天必定遇见好事。

母亲一生的知己，大概是我祖母。祖母一生的知己，大概是我母亲。

那种知己之情，是女性在命运共通处，互生怜悯；是民间女强人之间的惺惺相惜。

母亲与祖母，都是好强能干的劳动妇女。彼此相处，在最初的磨合之后，一直是肝胆相照。在共同的生活处境里，她们，也所见略同。

在别人眼里，她们也有很多共同点。

她们，都以恐惧喂养自信，以软弱哺育强悍，以自尊吞咽不幸，成为底层社会的女强人，成为家里的一面天，成为子孙的源泉。

祖母和母亲，都是出了名的"厉害角色"。

母亲说，小时候，调皮捣蛋的父亲和叔父，曾被祖母打得满地滚。曾经，母亲对我的打骂，是为了教育我、培训我，有时也是拿我当出气筒，都给我造成很重的心理创伤。在这一点上，她比祖母有过之而无不及。后来，出于愧疚，她拿祖母打孩子的传统，来减轻自己的心理负担。

母亲同情祖母新婚别家、死里逃生、中年丧子丧夫、老年卧病守着棺材度日；母亲由衷赞叹祖母一生好强、勇敢、清静、自尊、热情。对她努力兴家、长期守寡、严格教育孩子，尤其同情而佩服。

对祖母，母亲是亲力亲为，尽孝最繁多、最细腻的人，甚至超过孝顺的父亲。这其中，除了婆媳的伦理职责，除了母亲的为人善良，也包含了她的私人情感，犹如亲密的姐妹之情。

物资匮乏时，祖母的供给，母亲优先保证；劳力不足时，祖母的需要，母亲优先保证。我，也是父母亲，放在祖母面前的"手脚"。

满足家人需求，母亲的排序，依次是祖母、孩子、父亲，最后是她自己。

母亲和我的父亲、公婆多次结伴到北京，在我家住一两个月。

有一回，母亲做清蒸鸭子，在她完成那几道细致的烹饪程序时，我在她旁边打下手。看我转眼工夫就厨房收拾得干干净净，母亲说："你做事，像你祖母，不像我这么慢。你祖母做事，也是风一样快。不知怎么那么快。"

父亲也来补话说："是，妈生前，那个能干、爽快，很少有人能比。"

我当时有些诧异。

我身上，风卷残云的行事风格，竟然来自祖母？祖母留给我的，还有才能？

小时候，我数年照顾祖母，在日复一日的琐碎辛苦和母亲的苛责中，对于祖母，我印象最深的，是衰老气息、疾病痛苦、死亡恐惧。

我以为，祖母给我的，就只有这些。

那一刻，我十分惊讶。

母亲能干，是出了名的。我从来没有她做事慢的印象，只觉得她凡事能快则快，该慢则慢，绝不将就，讲求完美，苛求精细。我以为，我身上的"能干"都来自母亲。

想不到，我身上，还潜伏着祖母的风格。

仅此一点，就是桥梁，忽然飞架在祖母与我之间的深渊上。

那时，已是祖母去世多年后了。我的年龄，接近祖母去世时我父亲的年龄。

仿佛，有一张细砂纸，母亲顺手递给了我。我开始用来打磨我与祖母之间，这份亲情里的疙瘩。

如今，我的母亲，已经过了祖母去世时的年龄。我的父亲，已经与祖母在另一个世界团聚，把母亲单独留在他俩昔日的空间和时间里。母亲，对祖母当年的孤寂生涯，更有体会。

想到祖母和母亲的一生，我联想到俄国作家普里什文的一段文字。

也许是对寡母的曲折怜悯，年青时代，普里什文曾与一位比他年长的中年寡妇同居，陪她带着两个小孩子辛苦生活。普里什文曾以那种方式，去忠于母亲的痛苦。幸运的是，他最终摆脱了母亲的不幸，让自己过上了更幸福的生活。

他后来意识到，与母亲一起生活过的沼泽地，他可以离开，到别处，去呼吸一种甘甜的空气。

关于母亲和自己，他写道："我住过沼泽地，也在蚊蚋堆里待过，原以为这样的自然才是贞净的，是绝好的。我母亲不也是怀着对她所承受的命运的感恩之心，她死的时候，甚至未曾体验到女性应享有的爱。为了这个缘故，我走出了沼泽地，来到这片厚土。这里长有椴树，不生蚊蚋，我……到了人世间未曾有过的仙地福国。"

我，也愿意，我自己以及所有的人间姐妹，超越女性的不幸与艰辛，过上女人和人应当有的幸福生活。

然而，触目惊心的苦难，闭上眼睛也能看见。幸福，不会从天而降。女性，总要孜孜不倦地学习、成长，终成自我，且以我们的双手，推动摇篮，推动世界。

蚂蚁传奇

母亲说，那天晚上，没有月亮，天黑路远。

幸好，几枝长火把，扎得紧，浸够了油，一路烧到医院。

三天三夜之后，我出生在四月的清晨。

那时，月亮和太阳都在天上。母亲和我，都活着。

我的生命，从无法追忆的起点开始。

我的生命，先是从祖屋后面的雪坡上滚下来，然后，一直爬坡上坎，接近平地。

生如蚂蚁的此生，也有所愿。愿在平安之地，有烟火温暖的房屋。在平安静好的居所，有温柔的亲人，有亲爱者的怀抱，有牵挂世界的心情。

母亲生了我的身

垒墙、打井、修水库、砍树，农村壮年男子的高强度劳动，出嫁前，母亲无所不做。

20 世纪 60 年代中后期，母亲嫁到雪坡。暮春，跨过新娘门槛，秋天，母亲就"身怀有孕"。父亲，穿过曲折的命运，在他渴望子嗣、重整家业的愿望里，在柳暗花明处，遇到健康、能干、年轻的妻子。父亲的激情、温情、多情，在母亲面前绽放，就像栀子花在六月进入盛花期。

栀子花是洁白的，蜂蜜水是蜜甜的。蜜月孕育的孩子，得到一颗甜心。这颗甜心，最好在苦水里泡一泡。

那是人间四月天。人们在砍伐百年巨树。继 50 年代大炼钢铁之后，人们继续砍伐百年老树，支援祖国在大西南的铁路建设。

怀孕七个月的母亲，背着可以装两个人的大背篓上了山。

那些合抱之木倒下，留下巨大的疤痕在大地的面颊上。母亲挥舞锄头，掏挖出池塘大的深坑，把大树疙瘩从深土里盘了出来。男人们，帮她分劈成大块。

傍晚，这个长辫子女人，背着沉重的背篓，提着锄头斧头，从祖屋后面的雪坡，小心下坡回家。她从来都不是个冒失的人，在厨房一辈子也未见她碎过碗碟。何况那个时候，她更加小心翼翼移动每一步。

比孕妇自身更沉重的背篓，太沉重，犹如沉重的生活太沉重，总会出意外。

暮色里，体力不支，看不清路，脚下一软，母亲滚下山坡，跌进屋后废弃的红薯窖里。

第一次听到故事这一节，我无法释然。成年之后，在北京漂泊，亲身体会到：生活的不得已，只不过在不同年代不同人面前，换成不同的样子出现罢了。

那么，怀孕七个月的农妇，一如既往，从事不可推卸的繁重工作，她的家人是情有可原的；让孕妇摔倒的肩上重物和陡斜山坡，是情有可原的；没能从小养成自我体贴习惯的农妇，日日疲惫，不能说她自作自受；投生在这个女人腹中的胎儿，不能说她自作自受……

多年后，看到一条社会新闻，父母到大城市打工，农村留守儿童，由祖母看管，祖母出门，把两个小孩放在家中红薯窖里，不让乱跑。想不到里面藏着蛇，孩子都死了。母亲说："那天摔下去，幸好红薯窖里没有尖硬的石头、没有蛇。屋后竹林里都是有蛇的。"

母亲摔砸在土窖里时，陪伴她的只有羊水中的我，拖累她的也正是羊水中的我。她宁愿要那样的孤独，而不需要多出两条毒蛇陪伴她。

即使没有毒蛇，也已经够悲观和绝望了吧。

我后来的人生里，也有种种自觉悲观、绝望的时刻。隔着时空，凝望母亲的绝望，绝不是人文主义者"凭借"来"过尽其自鉴自适的一生"的"甘美的绝望"，其中并无"悲剧精神"诞生。

那土窖，太狭小，没有"悲观主义"在那一刻容身的空间。

有且仅有的，是一个卑微的孩子，还能否……从一个卑微的身体里出生的悲观现实。

母亲的绝望，是苦胆一样的苦。把身体捐献出来，绵延人类的妇女，没有更宏伟的理想支撑，没有图谋经国伟业的大丈夫气概，她的苦，首先是肉体本身的，比起卧薪尝胆的苦，是另一种苦，是"婆婆妈妈"的苦。

母亲困在红薯窖里，发现自己受了伤，破了羊水……

那个时刻，流水、流血的头胎孕妇身体下，连一团"卧薪"也没有，只有吓破"胆"的惊恐和无助。她做不到像大丈夫那样"置生死于度外"。

母亲，可置自己生死于"度外"，却不得不"度"其身体里的孩子。

英雄敢赴死，母亲只能活。

母亲，至少要活到某个时刻，才能去死，就像将沉的船要把人先送上岸。未来三天，她还有百般的极苦，未来多年，她还有万般的辛劳。

幸好，极苦、辛劳之后，她给了孩子各种机会：依靠她的机会，惧怕她的机会，愤恨她的机会，埋怨她的机会，孝顺她的机会，理解她的机会，感谢她的机会，把"温情和敬意"献给她的机会，以及批判她的机会，继承她的机会，超越她的机会。

母亲在红薯窖里的呼救，一位盲人乡邻听见了。

盲人进屋拉着她的丈夫，一位聋哑人，一起去地里，找回我摸黑劳作的祖母。

祖母指挥几个孩子，从山坡、地里喊回几位青壮年。

郁郁葱葱的几株翠竹和两棵小桉树，为我而死，变成了担架；郁郁葱葱的几棵柏树，为我受伤，失去遍身的树皮和枝丫，变成了火把。

火把吃进许多煤油，燃烧得噼里啪啦响，与担架一路跑起来。

"快些走，快些走，快些走……"抬担架的人，一路互相催促。他们中，有人知道，孕妇羊水流干了的话，胎儿就会像鱼一样在干涸的河滩上等死。鱼，干死在河滩了，河滩不会死，但母子不一样，命连着命……

我父亲在距离雪坡五十里外的静安场，也就是母亲娘家的乡政府上班。

两班人马，轮换着，抬着母亲，在夜色里奔走。还有一个人，举着火把，轻装快跑，到静安场，通知我父亲到瓦全镇的医院会合。

母亲，紧闭双眼，承受那三十里山路的漫长。

后来，在病痛时，在烦乱时，我多次见到，母亲紧紧地、紧紧地闭着眼睛，似乎要集中全力与眼前的痛苦隔绝，做那抽刀断水的努力。

小时候，看到母亲在阁楼上哭，说要出家。我们几个孩子拽着她，父亲温言劝求。母亲平时嗓门洪亮，哭泣时却不出声。她悲伤时的样子，像她娘家木兰溪那个渡口，隐藏在竹林深处的河湾，无波无浪。

出家，怎么可能呢？

自从有了孩子在肚子里，母亲，就不是只活一辈子的人了。

一根稻草绳，那么脆弱，只要有一溜青瓦要它捆扎，它就必须越搓越长，越搓越粗，直到用尽最后一根稻草。

担架上的母亲，刚满二十一岁，为她的第一片青瓦，搓着她的第一段稻草绳，就如此痛，痛，痛……

一路上，乡邻家的狗，像传递烽火一样，连成一条狂吠纽带。它们，很少看到移动得那么快的火把，不知人间发生了什么怪事。

母亲担架上，那只两个月的小猫，其母难产而死，我母亲用米浆喂活了它。担架出发前，它依偎着躺在草堆上的我母亲，抱住担架的竹叶树枝不放。祖母怕猫叫凄凉，惹来不祥，就任由它跟着母亲走。

那是农历的月末，下弦月要到下半夜才会升起来。小猫在担架上，就只有数星星，看火把，看那些男子嘴边的烟卷亮着红点，女主人全然无力照管它。

那一路的狗吠，似乎是为一只蚂蚁来到人间鸣锣开道。是疯狂的狗吠，吓走了勾夺人命的小鬼，还是猫从它的九条命中，借给我与我母各自一命？有一点，是笃定的：我和母亲能够续命，与出手相救的雪坡近邻有关，与瓦全镇上的远亲和医生有关。

几位叔伯兄长，满身汗水湿透，深一脚浅一脚，把我和母亲送到了瓦全镇医院。镇上的远亲陈家外婆听说了，从床上起来，摸到医院，执意让出她温热的被窝，让母亲躺上去。她和陈家外公，后半夜，就从自己的主卧室，挪到厨房旁边的小屋去住。

陈家外婆，患有白内障，一日三餐，在厨房和临时产房之间，动作缓慢地摸索着，进进出出，照顾母亲。这，也是她把母亲接到她家的主要原因。她说，母亲是头胎，又因意外早产，一时半会儿很难生下来，要在居家环境，才能稍微舒服一些。

好在，瓦全镇那么小，从医院到她家也就三五分钟的路程。又是熟人社会，医生也可以上门照看产妇。

三天三夜，母亲痛得抓墙抓地，手指甲，磨光了，磨到了肉里头。双膝，因为长时间跪地，也破皮渗血。父亲在她的身边，回答医生说："还是先保大人吧。"

护士要回到医院，去取来器械，人为终止母亲无法完成的分娩。

母亲用眼神召唤那位护士到近前，要她"慢一点"。

凌晨微光中，护士顶着下弦月，穿过浓雾往返，回到产房，器械包打开，拿出夹碎孩子的产钳，防止产妇大出血的止血钳……

就在那一刻，我落了地，母亲也活了下来。

蚂蚁传奇

回到人生初年，熠熠星光，如泪光，倾洒一片。那拥抱朝阳的下弦月，空灵在天。

命运的困厄，如泰山压顶，蚂蚁的互助，却搬走了泰山。

一只小蚂蚁，活了下来。一只母蚂蚁，活了下来。

我是一只蚂蚁。蚂蚁被踩死的风险，比大象多得多，凡人命悬一线的传奇，是常事。

神明抬起左脚，要踩死我时，它右脚抽筋，只好放了我。放我一条生路，它发现，事情并不坏。

让人诚惶诚恐，然后感恩戴德，也许神明喜欢。后来，神明念旧，又数次选我做他的游戏伙伴，让我体会"有惊无险""逢凶化吉""大难不死"的惊恐或乐趣。

有一次，在火车上与一个流浪者聊天。他说："生活，很惊险，只要没有灭绝我们。"我对他微笑，他对我微笑。我们，就像在陌生海边欣赏浪涛时，认出对方是失散多年的难友。

快些走，慢些走

父亲八十寿辰时，我回到故乡。去祭拜祖坟时，在人口凋敝的雪坡，我喜出望外，遇见几位叔伯兄长，就是他们，当年抬着担架，送我母亲去镇上。

他们，都是六七十岁的人了。从打工的外地，回到很少年轻人的乡间，走在茂草吞没的田埂、山路上，守望很少儿童吵闹的晨昏。

他们说，老死的时候，不知道身边有没有人送终。

他们是护送我来到人间的人。我把粉红色的人民币，在口袋里悄悄卷成烟卷，和他们开玩笑，说："表叔，抽支烟吧；哥哥，抽烟吧……"

"秀香，你还抽烟？"他们笑着接过去。

忽然听得，几十年无人叫的小名，从他们嘴里出来……

他们随即就知道，我给他们的，不是烟卷，是烟钱。他们看着，要伸手递还给我。我微笑着，看着他们的眼睛，摇头，再摇头……他们慈祥的眼睛，也看着我的眼睛，大家片刻不说话。他们安静地把"烟卷"收下。

我告别他们，要回到镇上父母家。他们也不说"以后多回来"之类的话，只是说："秀香，慢些走，慢些走。慢些走。"

想到当年，他们年轻力壮，为了我和母亲，他们走得多急速呀，在那黑暗崎岖的山路上。他们还在互相催促："快些走，走快些，快些走。"

他们全身湿透了，脚底磨破了，他们气喘似吼，如虎如牛。

如水的月光，蓬勃的乳房

俗话说"七活八不活"，意思是，比起八个月的早产儿，七个月早产儿，反而更能存活。

医学解释是，七个月早产，一般是母体遭遇意外，胎儿不得不离开母体，但胎儿本身是健康的；八个月早产，一般是胎儿本身有问题，怀孕被迫终止。

七个月早产的我，活起来格外艰难。

在亲戚家的临时产房里，死里逃生生下我之后，尽管需要安养，受到挽留，母亲也执意尽快回到雪坡，以免给好心人太多打扰。

母亲被担架抬回雪坡时，家中堂屋已经点亮了灯。

母亲说，刚把我抱进堂屋，我的眼睛就到处看。祖母过来，对我说："看，看什么看，这是瓦房，没有你的。"

祖母这句话，母亲记了很多年。我在北京买了房子，第一次看到新房，母亲还讲起祖母给我的"见面礼"。又评论说："你祖母，当年就觉得，她那两间瓦房，是留给孙子的，没有你的份。"

母亲的愿力

在早产中，母亲大伤元气。生活条件有限，母亲在月子里也没有得到很好的护理，再加上食物不足，家事操劳，身心不宁的母亲，几乎没有什么奶水。

母亲的两个乳头，都被我咬破了，都感染了。我一口奶都吃不上了。

一点点珍贵的米，磨成米粉，放进小罐子，煮成米糊羹。父亲笨手笨脚，烤干在罐子壁上，刮也刮不下来……

后来，我也想过，母亲长年脾气暴躁、情绪恶劣，又在我身上发泄最多，令我恐惧厌恶，其部分根源，可以用"源远流长、雪上加霜"这些词语表达。

在我与母亲"你死我活、同生共死"之后，稍微演变为"你死我活、荣辱与共"的关系。

在生来的处境里，母亲身边的父亲、兄弟、丈夫，一度，不是暴力的就是拖累的，或是笨手笨脚的。

在生来的处境里，母亲身边的母亲、公婆、女儿，不是无助的就是同病相怜的，或是让她母性生涯第一关就血泪混杂、累累伤痕。

要果腹、要蔽体的生存劳作，家务琐事的千般头绪，在每日的睁眼闭眼之间，日复一日。

母亲，一面墙要挡八面风。

风太大，把我从母亲的怀抱，吹到了乳母的怀抱。

隔了几座房子的冯妈，生了一个大我两个月的女儿，奶水还好，主动分给我吃。

母亲坐月子，就更清苦了，连外婆家送来的鸡蛋，也要送给冯妈吃，为了她有足够的奶水喂养两个孩子。冯妈这个时候，也无法客气。大家都很清贫。

哺乳期的婴儿，没有直接的记忆。冯妈的热情，密布在我少年时代。

乡村的风俗，也不崇尚含蓄，我与冯妈的奶水缘分，总在一些闲谈中反复被提及。喂养过我这件事，冯妈自己也乐于张扬。她的豪放爽朗，我也喜欢。不过，她身体的丰硕，笑容的盛势，声音的宏放，犹如烈火有气浪，让人不自觉，要与那过于强烈的风格，保持一点距离。

多年后，再次见到她，她认出来我，我却没有认出来她。

晚饭后，我与父母在镇上散步。母亲示意我看，临街铺子里坐着的一位枯瘦的老妇人，问我是否还认得。老妇人立刻站起来，走出铺子，走向我，微笑着说："是大女子，女子，你回来啦？"

母亲说，这是你冯妈。

冯妈，已经由一条夏季汛期的河流，变成了枯水季的河流。她那蓬勃的乳房，当年是雪坡的谈资，有人说，冯妈的大胸，曾到处巡视，像勇武的将军，她的欢声笑语，洪亮豁达，仿佛将军的随从。

在瓦全镇的街口，冯妈的"将军"和"随从"，都像隐士一样不知踪迹。那慷慨哺育的母亲，已全然枯萎。

我任由她端详我。

我把松松握着的拳头，放进她的手心。她双手捧住我的拳头。那脉脉的慈母之情，通过那双粗糙干枯的手，传递过来。

我松开拳头，卷起来的粉红色纸币在她手心里松散开来。她笑容敛起来，又重新绽开了些，声音更低了些，看着我的父母说：

"这女子，还要给我钱。"

父亲笑着说："她给你，你就拿着，你喂养过她。"

我请人帮忙，给我和冯妈合张影。我觉察到她的欢喜。

我们走了几米远了，冯妈又追上来，对我说：

"这么多年了，你还记得我，我感恩，我感恩。那个时候，我不给我家女子吃，留给你。胸口胀的时候，先喂饱你，再喂你那个姐姐。你姐姐也沾光，我吃了你母亲给的肉、蛋、米粮，奶水才有营养。你父母对我好。你以后一切好，一切好，一切好。"

我跟着家人，离开了冯妈。

第二天下午，离开瓦全镇之前，我出去买路上喝的水，又绕道去冯妈那里。我惦记着那位"一奶同胞"的姐姐。我抢过她的"饭碗"，不知她是否有过计较？我们曾经头并头，埋伏在同一个胸脯上，争夺香甜的乳房，这紧密的缘分，在对立中编织起来，然后又解散。

冯妈说，她家里出了事，女儿女婿出去挣钱消灾。她就在瓦全镇，给女儿看着孩子和铺子。

原来，冯妈的女儿女婿在瓦全镇开车拉货。他们买了两辆车，一辆自己开，另一辆雇人开。雇来的司机，把车开翻了，车毁了，人也死了。剩下那辆车，就卖了赔人家抚恤金。那家人要更多的赔偿，把死者的尸体，一直冻在停尸房，不下葬。保管尸体的费用，冯妈家已经交了上万元了，事情还没有了断。

冯妈说："大女子呀，讲法，也要讲情吧。事故发生，车在司机手里，多多少少，司机也有过错的呀。虽说死了，是可怜，他还有一家子人要他养活，他家人的苦，我是知道的呀。但，也不能让我赔得没边没际呀。这件事，害得我女儿女婿，那么好的事业一下子没了呀。一件事情坏了，谁能得好处呀。"

冯妈说："大女子呀，冯妈这辈子啊，两样都遇到了……"

冯妈说，她年轻的丈夫死去时，是个大月亮晚上。月亮照在地上，像泼了水一样。

那个时候，冯妈两个月大的女儿，和我，在饥渴中齐声大哭。冯妈的乳汁，流淌不止。湿透的衣服，黏在胸口上。

在月下，她一次次跳跃，要从高枝上，摘取一些桐木叶，回去煮水当药。她受伤的丈夫，已经痛到昏迷了。

不知管不管用，不知管不管用……死马当成活马医，死马当成活马医……

惊恐中，她保持机警。

冯妈的眼里，没有眼泪，她的乳房，哭个不停……

第二天早上，冯妈去给我喂奶的时候，我吃得格外猛烈，丝毫不知道，那天夜里，冯妈的丈夫，家里养家活口的顶梁柱死了。

冯妈的丈夫，死前头一天在乡邻家里帮忙。

乡邻家修猪圈，请了好几位壮年男人，先挖一口大粪池。粪池快挖好了，粪池中间的筐子，装满土石。这时，施工的人家，请大家回去吃晚饭了。

这种用劳力的饭食，越是厚道的人家，做得越丰盛。冯妈的丈夫，胃口和他的人品一样厚实。在餐桌上，他放开吃饭、喝酒。饭后，大家都抽着烟，先休息一阵子，打算趁着月亮继续干活。

冯妈的丈夫觉得，吃了人家的喝了人家的，也不休息，一个人跳进粪池子里去干活。他可着劲儿，把那一筐一筐的土石，举起来放到粪池外面，好让大家一会儿倒掉。

那些土石筐子，还没有举完，冯妈的丈夫就大叫一声，倒在粪池里，说是肚子痛。大家急忙把他抬出来，送回家，让他先在床上躺躺。说，恐怕是晚饭吃多了，肚子痛。

冯妈正在家里洗碗喂猪。看到情况，就让二儿子照顾小女儿，让大儿子去喊医生，她去照顾丈夫。

冯妈的丈夫痛得不行，一阵子打滚过后，又昏迷过去。医生家离得不近，大儿子不满十岁，不知什么时候能把医生喊来。冯妈想起一个偏方，说是，桐木叶煮水可以止痛。她就跑到后山坡上，去找桐木叶。

桐木叶和医生，都没有能够挽救冯妈的丈夫。那个不满三十岁的年轻丈夫，三个孩子的父亲，一家人的顶梁柱，就在那天夜里死了。医生说，是吃得过饱，没有休息，就去用大力气，肠子断了。

冯妈说，安葬了丈夫，掏光了家底，只想着，是男人自己心眼太实，劳动不小心，也没有想到过要找人家赔偿什么，更不知道还有什么法律。

冯妈说，她心里有恨，一直消不掉，一辈子消不掉，又不知道究竟该恨谁。

回到家里，我问母亲关于冯妈丈夫的事情。母亲说："那人死得可惜。你冯妈两口子都是实在人。当年，我送给你冯妈的肉、蛋，她舍不得自己吃，又不好意思给她那两个大孩子吃，也不好意思当着孩子吃好吃的。她说，她就像做贼一样，偷偷煮了吃了，好让自己有奶。她经常第一个喂你。她还说谢谢我们，不然，她男人死了，她家里吃得不好，恐怕她也就没有奶，她小女儿也要吃亏。"

母亲说，那个年代，人人都那么可怜，就是物质上穷。不过，现在的人，也有现在的可怜。

母亲说："不管你生在哪个时代，生在什么人家里，做什么事，都要做好，要处处小心。一个坏后面，几个坏跟着。唉，人一辈子，害怕这，害怕那。睁眼闭眼，都是怕的。当年，大家都互相送吃的。我做了甜糯米，送了几家。施工的那一家，我也送了。后来，人家还说，你冯妈的丈夫，就是在饭桌上吃多了我送的甜糯米，才撑死了。你说，有没有道理嘛。我又没有下毒，一桌子人都吃了的。俗话说，没饭吃，怪箪箕。出了坏事，这个怪那个，那个怪这个。不该怪的也要栽赃。事坏了，人也跟着坏了。"

我问母亲，施工那家是谁呢？母亲说，这都几十年的事情了。你冯妈都没有讲是谁家，你还要知道做什么呢，也别再去问了。

过了两年，我再次回到瓦全镇，是为父亲奔丧。有人对我说："你那个冯妈，在灵堂外面走来走去，是不是想找你呀。她找你做什么？难道是想问你要钱？"

我没有睁开眼睛，葬礼上的很多乡亲，多年不见，不知说话的人是谁。那个时候，我在死亡的悲痛里不能自拔，活人的艰辛，密布在四周。

这几年，渐渐明白，无数蓬勃的乳房，曾哺育生机，也终将枯萎。

父亲、母亲、冯妈和我，都是泥土里生长出来的根芽，我们熟悉的大自然，每每以其"不钟情"的方式，呈现它"永恒的媚态"。我们在人间的"钟情"，终将先后枯萎，贡献一笔一画，成就大自然"永恒的媚态"。

铜豌豆与豌豆公主

母亲说，心比天高，命比纸薄。

这句话，在说她，又在说我。

在每一面镜子里，她照见自己的一部分。她的外婆、她的祖母、我的外婆、我的祖母、我父亲的前妻、我的姑妈、四周的其他妇女、古往今来所有故事里的妇女，都是母亲的镜子，围绕着她的"时时刻刻"。尽管，《时时刻刻》这样的电影，母亲没有看过，但女性命运的探索，她不曾暂离。

我，是母亲前方的镜子，一面新亮的镜子。在这镜子里，母亲的愤怒和期望，冲着我。

那期望模糊。那愤怒清晰。

她让弟弟们去上学。她说，哪里的黄土不养人。男孩子的脚下，到处是黄土，东边不亮西边亮。

她让我去上学。她说，每一棵草都有一颗露珠去养。一棵草，就那么一颗露珠，不能有闪失。

我会写字了。母亲的箱子里，有一支金笔。我拿到学校里用它写了一整天字。一个格子本，我不喜欢，我就在每一个格里面，写上字，认识的，不认识的，都写进去。写完了，我就摆脱它了。

回家路上，我是那么轻快和得意。在一片豌豆花旁边，我又唱又跳。豌豆花，红、黄、白、兰、紫，仿佛老师说的宫、商、角、徵、羽，被微风之手调弦，在我眼中变成起伏的音乐。

回到家里，才发现，金笔不见了。

我胆战心惊告诉了母亲。母亲操起棍子，立即打了我一顿。无论她是记得，还是忘了，她小时候被打被骂的情形，在我身上重演。

在她的棍子前面，我飞快地走着。母亲和棍子，也紧紧跟着，我们走向那片豌豆花。

在豌豆花丛中，我们找了又找，比母亲们在孩子头上捉虱子还仔细。

母亲的棍子，失去了耐心。它像一条疯狗，咬着我不放，在我身上上蹿下跳。那片豌豆花下面，仿佛有个鬼门关，我不知道怎么躲过去。

正午的太阳，仿佛一道幕布，把我与乡亲们隔离开来。他们都在日光下的田野忙碌，或者在山坡上，片刻歇息，用粗糙的玩笑安慰心情，用粗陋的食物安慰肚肠，看不见一场打斗武戏，正上演在母亲与生活之间。我这个小小的配角，在那漫长的戏中，只有一句伴着泪水和嘶叫的台词："别打了，别打了……"

我的翻滚，母亲的踩踏，棍子的挥舞，让那片豌豆花，像被斧头砍倒的树木，全部倒下去，又像麦子，被石磨磨出了浆液。在打骂声和哭喊声中，音乐早已停止。五颜六色的豌豆花，像云彩一样消失了。那片土坡，变成了一块画布，布满鲜艳的经纬线，泼满清香的颜料……

突然，一道金光闪现，那只金笔出现了。画布上，浓墨重彩的"一笔"，画龙点睛的"一笔"，苦大仇深的"一笔"，救命稻草的"一笔"，出现了。

母亲和棍子，都累了。累了。累了。累了……

那一次，的确是我的错。我不该拿家里的贵重物品。我恨母亲打我。更恨那只金笔所代表的东西，那压垮人的"物质"，尤其是所谓"贵重物品"。那拖在人身后，让人比动物、比植物、比矿物、比日月星辰、比风雨云霞都累赘的"物质"，让人变丑陋比变美的概率更大的"物质"，那让人依赖，从而把人变成奴隶的"物质"。

大学毕业的时候，同学给我写留言，说："在你眼里，天下没有可珍可惜的东西，除了人。"生了孩子，家里来了保姆。我对她说："我不是有钱人。但是，如果你手里拿着值一万块钱的东西，看见孩子要跌倒，你扔下就去扶孩子，东西摔坏了，我一句都不说你。"

后来，我才发现，事情没有那么表面。我一度不爱惜东西的我，其实是在拿东西泄愤。有时候，某个"东西"，恰恰代表某个"人"。

母亲的愿力

我曾把漂亮的丝巾、真丝睡裙，扔进洗衣机和牛仔裤一起洗，把白色衣物和黑衣服一起洗。并非不懂洗涤常识。除了心有旁骛，除了对生活琐事不耐烦，那个时候，我变幻成"生活之手"，真丝物品、白色衣物，变幻成母亲或我。我似乎要去盯着，亲眼看看，亲人之手，如何变成狠手，暴打着母亲或我。那些可怜的、精美的物品，成了创伤心灵的替罪羊。

还好，与严母搭配，生命里有个慈父。是父亲，人如春风，不断解冻。最终，让我既善待"人"，也善待"物质"。

父亲曾说，对我，他捧在手里怕丢了，含在嘴里怕化了。在父亲那里，我是"豌豆公主"。可惜，与父亲在一起的日子太少了。

青少年时期，多数时候，我是母亲手中"蒸不烂，煮不熟，捶不扁，炒不爆，响当当一粒铜豌豆"，这颗"铜豌豆"，恰好有一颗露珠那么大，豌豆大的露珠，就是母亲说的，养活一棵草的露珠。

看电影《黄土地》，听到歌曲，"五谷里数不过豌豆圆，人群里数不过女儿可怜"，尽管，自己与主人公的生存状态，已迥然不同，也能与她共鸣到底。

"每一个从粗朴的土地生长出来的人，都先在情绪上堆砌了难言的悲哀。"

母亲的悲哀，永久堆砌在雪坡的"黄土地"里，或是木兰溪的旋涡里。母亲一边堆砌我的悲哀，一边奋力把我推出"黄土地"，举出旋涡。母亲，是养育生命的那口老井，井水苦或甜，子女都喝下去了。

站在低处把你举起的人，你必垂首顾盼；站在背后目送你的人，你必回头流连。

"母亲"这个称谓，如果像弄脏的布娃娃，如何把它洗净晒干，捧在手中？

母亲，是人类历史与家族的长河里，顺着世代的洪水，漂来的女婴。本人无法掌控的遗传，从来泥沙俱下的家教，永远最好最坏的时代，让这个女婴长大，呈现她繁衍的功能，承受她命运的重担。

母亲，有为儿女去死的本能，也有杀死儿女的冲动。生死、予夺、喜怒、爱恨，在她，又不在她。

后代寻求自己的命运，吸着母亲的供养，渐成人形，像当初离开母亲的子宫一样，离开故乡的子宫，到吉凶参半、前途未卜的远方。

我也一样。

一路上，我遇见各种各样的人。在遇见的人中，有人听我说起父亲与母亲，以笃定的口吻对我说："是你父亲和母亲，共同造就了你必需的品质。只有父亲的宠爱，没有母亲的严格，你生命的成色，不会够。"

各样的牵引，让我对母亲，容忍、理解、感谢。然而，伤口好了，伤疤总在。

母子之间，温柔的欠缺，比比皆是；人心的伤疤，比比皆是。

母亲的愿力

仿佛在脐带割断之后，母亲与孩子之间的"温柔"纽带，随即也割断了。随着生命过程的演进，女儿，才能以自己的孤独，理解母亲的孤独。即使是最不和睦的母女关系，彼此之间，也有无法割裂的难堪的亲密。

昔日的恩情，变成今日的反哺。把感情隐藏在物质里。昔日怨言怒行，让关系早已硬邦邦，喜欢才有的亲密不可强求。像食物冰冻太久，纵然耐心解冻，加上道德的、悲悯的、理解的调味品，但那味道，再也没有新鲜食物的本味。

物质贫困消除之后，关系之中，温情的贫瘠，如何消除？

当务之急，是先消除自己身上的"魔咒"。

"心比天高，命比纸薄"，母亲的恨话，依稀留在我耳中。这句话的噪声，母亲给过的一百句祝福，也压不下去。

在千万里人生路上，先把母亲的祝福，逐句变成现实。那句愤恨之语，才在我心中失去威力。学习涅槃的凤凰，从四面山上拾柴，垒成高大的柴堆，划亮意志的火苗，把带毒的话烧毁，仿佛法师，调动最深的功力，让千年妖魔显出原形，化成不再害人的灰烬。

在灰烬中，母亲还有一句话，一句最平淡的话，却无法烧毁。

母亲说，"你也要生养"。

这五个字，从此长在我心里，像五官长在脸上一样。

母亲的内涵，在那些神话般的颂歌之外，还有更多桃李不言、哑口无言、行胜于言，以及"常恨人语浅"。

也许，母亲最大的安慰，就是生一个女儿，成为她命运的知己；母亲最大的报复，就是生一个女儿，完成人类流水线上的使命；母亲最大的好奇，就是生一个女儿，看母女命运轮回的铰链，能否被绞断。

母女，是彼此生命的渡口，一起面对生理的、传统的、习俗的拦路虎。女婴，是命运的肇端，是恩仇的起点，是人间悲喜的复印机，她有宇宙的力量，她有蛇的智慧，她让死神坏了一把又一把镰刀。

"你也要生养"，就是这五个字，徐徐从母亲口中吐出，这句"咒语"，让我也成了母亲。

如今，我已切身领悟《诗经》的千年吟唱"有子七人，母氏劳苦……有子七人，莫慰母心"。

葡萄糖、茉莉花一样的"婶母温柔"

婶婶说:"你,打啥子嘛打,急啥子嘛急。"

婶婶的意思,是劝我妈不要打,不要急。

她,一边温和地劝阻,一边用清瘦的身躯,坚定地挡在母亲的棍子和我的恐惧、疼痛之间。

母亲停了手。婶婶劝阻时,母亲挥了一半的棍子,也只好落在空处。

换一些风风火火的人,惊慌地、夸张地跑来保护我,不知是动作不对,还是嗓门太大,我母亲的愤怒,反而陡然激增。我被打得更惨,来人也会吃上一两棍子。

鼎锅沸腾

鼎锅,悬挂在家里的火塘上,常会在火大时,沸腾起来。当当当,盖子响起来,滚烫的水,冲出来,落在火塘里,溅起一阵热灰。

如果母亲在场，盖子一响，我就紧张不已。

母亲一边说"快些个，快些个，快些个"，一边"挽救"现场。

烤火的人，立刻进入"战备"状态：让位置的让位置，递毛巾的递毛巾，帮不上忙的人，也一副整肃的样子，本能地配合那兴师动众的气氛，以免冒犯母亲的权威。

鼎锅，要么被母亲拿开，要么被别人抢着拿开。这个人，习惯马上服从母亲命令。比如我，比如我父亲。母亲情绪好，就万事大吉。否则，母亲拿开时，谁挡了路，会挨骂；别人拿开时，洒了水，或烫了自己手脚，也会挨骂。

接着，母亲会继续责问，谁把鼎锅装得这么满，谁把火塘烧得这么旺。

到我父亲去世，这，在我家，是典型场景。

"多劳多得"，如果是真理的话，在我家里，对于母亲，是"多劳多得病"，她事事要强，为家人奉献，惯于付出，勇于牺牲，不放过自己，不放过别人。老年时，她满身劳伤，呻吟起来，获得的回应不一定令她满意。

"多劳多得"，对于我父亲，晚年检查，说是心脏肿大将近两倍，不知是否与长期的高频的"应激反应"有关？他总希望息事宁人，就在肚子里撑船。他的心，有时候，也许想伸出拳头，打翻那硬撑的船吧。

"多劳多得"，对于我，是多出错、多挨打骂。早年逃不出佛爷掌心，只好"任劳任怨"，一旦翅膀硬了，能飞多远就飞多远。即使深爱母亲，曾经也是爱而不亲。即使对父亲又喜欢又深爱，也不能更多相处。玫瑰身边，荆棘太多。我望而生畏，因噎废食。直到他永逝。

父亲去世后，我长时间难以接受永恒的遗憾。恨自己自恋自怜，困于昔日创伤，没有早早自拔；恨自己不懂得：若真爱自己所爱，就接纳与此有关的一切。

看到母亲孤苦、追悔，我也替她开脱，说：

那是时代原因，母亲成长的年代不教育女性温柔，妇女忙于去顶半边天去了；那是经济原因，家里太穷，为了生存，母亲被"异化"了；那是原生家庭的原因，母亲的童年和青少年时期，没有被善待，受的创伤太深了；那是父亲纵容的原因，他信守婚前诺言，对母亲的脾气除了忍耐，就是不到点子上地讨好；那是传统原因，父亲那一代人，以单位为家，工作第一，不懂浪漫，不真懂"女人心"，儿女们，也不懂，哄得母亲开心，和讨女朋友男朋友欢心一样有意义；那是天生个性的原因，母亲天资聪明，太敏感，现实的痛苦让她难以承受……

这样想来想去，似乎母亲在家里的作威作福，是天经地义的。

那么，那些痛苦和悲剧，是注定的吗？总有理由继续吗？

不甘心。不安心。如何"截断轮回"？

第二章 祖母的高山

95

俗话说"栽花傍墙，养女像娘"。母亲身上的一些东西，还在我身上延续。我先生，过早做了白内障手术。医生说他那是职业病，是用眼习惯造成的。开的药，主治肝郁气滞。

我想：我是与他一起生活最密切、最长久的人，我是家中女主人，他的肝郁气滞是否与我给家里造成了压抑的氛围有关？

先生不同意我的想法。但他说："你这样反省总是好的。我们都需要反省。你是母亲，儿子还在可塑期，这种反省，对孩子尤其有好处。你妈是个好人，是个能人，一辈子苦，贡献大。不过，如果在你小时候，她能像后来那样反省，像现在这样温和就好了。"

我想，我的反省习惯，与母亲有关，也和教育有关。母亲那个时候，忙于生计，总在琢磨做事的窍门，总想尽快把生活里那个大泥坑填平，让我们受到足够的教育，能在平地上面修造美好生活的房屋。有人说，教育，就是让一个年轻人，遇见自己的中年和老年，获得人类总体经验中的智慧。母亲的牺牲，让我能比她提早反省。父亲去世，以亡故的方式，最后给了我们爱的教育，母亲和我，都是受益者。

先生说："爱，最好的土壤是温柔，温柔中，安全、自由、舒适、希望……应有尽有。"

这时，我又想到父亲，想到鼎锅沸腾的不同情形。

如果是父亲在场，和大家一起烤火，鼎锅沸腾，父亲会说"快些个，快些个，快些个"。那愉快的声调，是父亲的常态。偶尔，母亲心情大好，也是那种调子。生活中发生点什么，在爸爸那里，是愉快的，或者没有什么大不了。如果，有人自告奋勇帮忙，掀翻了鼎锅，倾倒的水，把整个火塘都浇灭了，热灰扑满人的脸，就算有人烫伤了，父亲也只是去找烫伤药。

父亲一边抹药，一边用口吹着伤，一边还说："没事，没事，两天就好了。哈哈，你喜欢给人帮忙，是个好孩子。这回，是个意外。一会儿，把火塘再点起来，把鼎锅装上水，再挂上去。水开了，你再取一次鼎锅。"说完这些，父亲可能还会悄悄说一句："别让你妈知道。不然，我们又该挨骂了。"

我也想到婶婶。

鼎锅沸腾，婶婶会说"快些个，快些个，快些个"。那是婶婶永远不变的低声细语。那声音的姿态，像春天的浅草上，小鸟在跳着，轻轻地左顾右盼。她说话，是交流，更像自言自语。语言，是她一切行为的背景音乐。她很少"说话"，从不高声说话。

婶婶在说"快些个"时，她手里，已经拿着一条旧毛巾，已经把手伸向鼎锅。一边说，一边已经把鼎锅取下来，稳稳放在她脚边的火塘积灰里。做这件事，就像她从树上摘下一颗生病的果子，顺手扔在树脚下一样。

葡萄糖与茉莉花

想起婶婶，我会想起葡萄糖。

那个年代，物资匮乏。父亲带回家的葡萄糖，比油脂洁白，留在指尖的感觉比缎子细滑，口腔里的回甜，像云团在天空亲吻。

神奇的是，一小杯温水冲出来的葡萄糖溶液，祖母衰弱的肠胃，能吸收其全部能量。我犯了低血糖时，葡萄糖也能帮我，迅速脱离心里发慌、眼前发黑的晕眩状态。

想起婶婶，我还会想起茉莉花。小小的花，清香迷人。

小时候，在雪坡，就像对茉莉花的香味敏感一样，我对那些伯母、婶娘身上的"温柔"，比对母亲的"强悍"敏感。就像嗅过茉莉花，就把它的香味牢牢记住；就像吃完一种美味的果子，就把种子埋在地里，希望来年，长出一棵树，结出满树同样的果子。

母亲的好友碧莲表婶，也是和婶婶一样温柔的人。她也和婶婶一样，样子文雅瘦弱。

表婶的手比女孩的手还小，比男孩的手白净。她每年都要做米花糖，新年时，分给所有到她家的孩子，即使是正月十五，最后一个到她家门口的孩子，也能得到。

在川东北湿寒的年节，吃着表婶手里递过来的米花糖，就像嚼着春天的太阳。

婶婶手大，做的米花糖比表婶做的多。过年时，她却只能分给最早几个到她家门口的孩子。

表婶手小，她就要双手捧着捏糖，捏出来的圆团，就比婶婶单手捏出来的大。

表婶和婶婶的这些"吃活"，装在同样的罐子里，那是她们结伴赶集买来的。

节日招待客人，婶婶要找手小的孩子帮忙取"吃活"，一来二去，孩子们就串通起来偷吃，还在偷空的罐子里装上松果，再从别的罐子里移过去几块米花糖，让婶婶毫无警觉。等到过年，婶婶知道了真相，也就笑一笑，轻声说一句："这些娃儿。"

后来，年复一年，婶婶和孩子们有了默契。婶婶说："哎，反正都是给他们吃的，拿完吃完，一样的。过年了，他们再去吃碧莲表婶的就是了。"

表婶的罐子，放在卧房的大红木柜子里，大一些的孩子，搭着短梯，也能爬进去。但，大孩子的手，伸进去抓住"吃活"，就取不出来，就像那只狐狸，从篱笆缝隙钻进葡萄园，吃饱了肚子，还得等到饿瘦了，才能逃出园子。表婶罐子里的东西，只有她自己的手，才能取出来。

在我的童年时代，孩子们未来的甜蜜回忆，仿佛由表婶和婶婶的"温柔"担当。把普通日子变成节日，由婶婶掌管；让节日像个节日，由表婶掌管。

母亲说，你祖母和婶婶总在那里聊天，有说不完的话一样。母亲说，你看，她们的名字，说起来，也是顺口的，你祖母叫李秀元，你婶婶叫童秀贤。不知你祖母怎么那么喜欢"秀"字，你姑妈叫赵洪秀，你姑妈的表妹叫钱子秀，你祖母还给你取个小名叫秀香。

我说，外婆叫赵宗兰，你叫陈兰英。这些名字，表示我们是女的……

说起婶婶，日子好像都变得悠闲一点，轻巧一点。

从母亲那边望过去，日子是那么忙碌，不堪重负，鸡飞狗跳。

家里的一切事情，母亲样样做得出色。父亲把工作单位的同事，社会上的朋友，一拨一拨带回家；我把同学一次一次带回家，大都是"突然袭击"，母亲就在那里巧妇难为，最终又想办法，体体面面，招待了客人。

母亲的闲暇，是在天气恶劣的时段，看看书；冬天夜晚，与父亲在火塘边唱唱歌；或者劳累时，喝口老鹰茶，侍弄一下她的兰草花、桂花树。

祖母与婶婶聊天，说不完的话。加上我对婶婶的了解，不难理解，祖母对婶婶的喜欢。

我不知道，母亲是否愿意，把要强之心，把为儿女谋永福的意愿，把自己的辛劳，减少到原来的一半；把别人对她的感激、尊敬、欣赏、依靠、害怕、讨厌、愤恨扔掉，换成一个词"喜欢"？

也不知道，如果真的这样了，她是否甘心、安心？是否觉得一生愉快、划算？

如果她真这样了，我不知我的命运，是什么样子？我父亲和几个兄弟的生活，有多大的不同？

人这一辈子

我喜欢婶婶的温柔，这种情感从一开始就是这样，没变化。

我对母亲的情感，矛盾重重，变来变去。有时候，与她说一席话，情绪也变来变去。母亲，挑战着她身边多数人的神经。

母亲给人物质好处，给人精神启迪，也给人情感折磨。她像太阳，在一天中，朝霞灿烂，夕阳变幻，烈日当空或者暖阳和煦，让你争分夺秒地在白昼劳作，让你要像葵花那样围着她的意志转。

婶婶，是天上的星星。星座的变幻，一般人可以不觉察，只是看见月朗星稀，或者繁星点点。夜空的清凉，总是那样。

有一次，和婶婶一起，在邻居家做客。婶婶问我，是否认得某某。她告诉我，那是另外一个村子的熟人，在外面打工挣了钱。坐了一趟飞机，回到家里，给儿孙修房子，从屋顶上摔下去，当场就死了。

婶婶说："你看，人这一辈子……"她就那样微笑着，对我低声细语了这么一句，拖着若有若无的尾音。仿佛把一块石头放到沼泽里，看着那个石头，慢慢淹没到水草与泥浆中。

有时候，我把母亲与婶婶做比较。心想：

婶婶与母亲是同时代人，也在"妇女能顶半边天"的时代。婶婶身上的温柔，却不为时代所剥夺。

婶婶家的经济条件，当时也不比我家好。她和叔父生养的，也是三男一女。婶婶的温柔，也不为生存所"异化"。

婶婶的娘家，距离婆家只隔了一个院子。她只有一个妹妹，后来招了上门女婿。我叔父，也约等于他岳父岳母的儿子。婶婶的父母，我见过，大概是比我外公外婆温柔的人。他们去世后，都安葬在我家的祖坟地里。

叔父是我祖母的幼子，和我父亲一样，为人自在，但叔父是极慢的慢性子。年轻时，我父亲说"父母在，不远游"，在家守着祖母，鼓励叔父外出。叔父去过成都读书、工作。后来回到雪坡，当村支书。相对来说，家里的农活、管教孩子，就不是婶婶独自承受。偶尔，与堂妹谈起过去父母的棍棒教育，她说，有一次，她父亲一巴掌把她的嘴打出了血。但没有婶婶打她的记忆。与我家正好相反，我没有父亲打我的记忆，母亲狠狠打我的记忆，则不少。

母亲是否喊过我父亲的名字，我一次都没有听见。只听见父亲叫我母亲"兰英、兰英"，声音很温柔。父亲极少当着母亲的面，连名带姓，直呼其名。这，可能与他们的年龄相差悬殊有关。叔父和婶婶，是同龄的结发夫妻，可以说是青梅竹马。我总听见叔父婶婶直呼对方的名字，平等自在，夫妻之间也是"有话好好说"。

人如其名。我父亲叫赵洪乾，叔父叫赵洪坤。比起我父亲，叔父参与家庭生活的细节更多，与婶婶的"坤道"更加亲密，且叔父研究易经八卦，懂得营养和医道，婶婶与他夫唱妇随的味道更浓。从青年到晚年，朝朝暮暮在一起，是他们的常态。我的父母，直到父亲晚年退休，才像叔父婶婶那样，天天相伴在一起。

婶婶天生性格随和。晚年，叔父婶婶，也能以儿女为坐标，随喜建立自己的生活。最初，他们与我堂兄生活在瓦全镇。后来，堂兄卖掉瓦全镇的房子，去成都买房子，叔父婶婶又住到成都去。和他们另外两个在成都安家的儿子，也能够每个周末聚会一次。

尽管人生之乐，各有千秋，各有看不见的代价。但，家人常聚的天伦之乐，我父母享受的就要少些。更不要说，大弟的病灾等儿女家务事，对父母的突然打击和深重折磨。这些东西，究竟来自母亲所说的"命"，还是家庭的底层情绪密码，还是其他因素，不好铁口独断，说是某个单一方面，影响了父母和家族的幸福。

堂妹在北京，叔父婶婶定期来住两个月，安心照顾堂妹。他们，像盆栽植物，可以带着自己的泥土，在很多地方安之若素。叔父、婶母可以自己到处玩，叔父还能够在天桥上替人看相、看小病。北京也像他的故乡。

儿子女儿家的孙子们，叔父婶婶帮忙带大。叔父婶婶的几个孩子，各自都生活独立，大家都发展比较均衡，各自在叔父婶婶面前尽孝。

我的堂兄和堂弟，都娶了识大体的妻子，对亲族有热情。

堂兄赵长生，是祖母取的名字，表示他是第三辈第一个孩子，祖母也祝愿他"长生长寿"。她叹息早逝的祖父，没有见到儿子们娶妻生子。堂兄堂嫂很长时间在瓦全镇工作，我总是从父母口中听到，他们去探望我父母的细节。

堂弟赵明，有人说，是祖父投胎转世的孩子，心地仁厚。做事踏实。在成都市委工作。我大弟在成都治病期间，堂弟出的力，不比我出的力小，背后还有他妻子曼茜的支持。最小的堂弟，也很能干，公司开得很成功。

对堂妹，我了解更多一些。十五岁，她离家当打工妹，是我们家族里第一个到北京的人。她长相甜美，人品端正，尤其性格温柔大方，处事含蓄得体。她在每一家单位，都深得老板娘喜欢，不是让她记账，就是让她收钱。现在，她自己做买卖。

到适婚年龄，她借助相亲机构，找到一个合适的伴侣。她订婚时，我先生刚工作，我、小弟和弟妹，都还在读书。我们空着手就去了。堂妹的公公，是中科院的院士，数学家，婆婆是物理学家，都出身江淮一带的大家族。他们并不嫌弃我们这些穷学生。还开玩笑说，北大、清华、人大，你们一家子弟全包了，年轻人靠自己努力，这种精神，就是最好的礼物。

堂妹的委婉的言行举止，是婶婶的翻版。早年的一件小事，我印象很深。

那时，我刚到北京不久，与她一起逛颐和园。我需要一个小塑料袋。她说，到前面一个摊位，找熟人要一个。走到那里，她和里面那个女孩，和和气气地聊天，聊了好一阵子，我以为她忘了塑料袋的事。这时，她说："不和你聊了，我走了。对了，小塑料袋，你给我一个。"她顺手拿了塑料袋，我们就走了。

以我的作风，不说是熟人，就是陌生人，我也是走过去，要么买，要么要，十秒钟，我解决这个问题。至于聊天，我会专门和朋友聊，聊天，就不夹杂别的事情。我会把两者截然分开。所以，堂妹的作风，我感到新鲜，留下深刻的印象，对她也有赞许。

分离的世界

母亲在电话中对我说：和儿女分离各处，是她的命。算出来，就是这样的。

就说探亲吧。母亲一旦离开她和父亲那个家，就像从树上剪下的花枝，用水养着，也要枯萎。每次，来北京之前，就给我们大家说好，她来去自由。到了第二天，就念叨回家的事情。我父亲愿意多和我们在一起，我公婆希望一直在我们身边，最后，都因为母亲要离开，他们也跟着离开。

母亲说："客走主人安，我们老人还是在自己的老地方舒服、方便。你们年轻人不容易，我们这些老年人，不要太久妨碍你们的生活、学习、前途。"

一到我家，第一件事，是买全新的洗脸盆和拖鞋等，给母亲单独用。她只愿意与父亲共用这些东西。她不嫌弃父亲，也不担心父亲嫌弃她。离开我家时，她要带走所有的垃圾。

我先生最喜欢吃母亲做的饭。母亲做饭，也是"客随主便"，放弃自己在老家的一些习惯。

反过来，回到母亲的家，我也待不久，有做客的感觉。这个时候，我也要"客随主便"，处处依着母亲。连送她什么东西，自己也不太好做主。

"常回家看看"，对有些家庭成员，也许并不是真理。一旦听说我们要回家，母亲就会把家里洗个底朝天。我们就住几天。一离开，她再次洗个底朝天。

这种"兴师动众"，对老人不宜，说服她改变？没用。回家住得短，会累着母亲。如果住长一些呢，都个性刚强，都有自己的习惯、好恶，彼此容忍起来，有些风险，有些累。

父母体贴我们，不愿意儿女过于奔波。父母过于辛苦，我们也不愿意。与父母相聚少，与兄弟姐妹相聚也不多。大家就比较"各自为政"。

这些，不只是性格和习惯，也是儿女远走高飞，父母原地守望，彼此共同付出的"分离"的代价。先是空间分离，时间分离；接着是习性分离、见识分离；最后，是精神分离导致的情感分离。

父母变成了"秦香莲"，离乡背井的儿女，变成了"陈世美"。

整个中国在"城市化"过程中，大家向往"城市美"，在"故乡"的失落中，亲情，逐渐变化，等待重建。这是现当代中国人，因"生活方式"变迁引起的"情感模式"的变化。

在存在主义作家加缪所说的"分离"的世界里，血亲家人"各自为政"变成常态。在一般家庭里，与家人各自的生活状况有关，与其性格有关，也与母亲、父亲，或某个家庭成员的决定性作用有关。

"姊母温柔"

萨特说，"他人即地狱"这句话，是指，合不来的他人才是地狱。

就我与母亲来说，是有些合不来，当然还不至于是地狱。然而，这种合不来，也关上了天堂的门。比如，与慈爱的父亲在这一世的人间相聚，再也没有机会了。与大弟在退休后，谈古论今的机会，再也没有了。以前，为了躲避母亲给我的压迫感，以及谈起家庭琐事的不愉快，我割舍与父亲、母亲、家人的团聚。我父亲比母亲大十二岁，生我也晚，他等不到母亲和我们更加有慈悲、有智慧。大弟病逝，对他致命一击，他们父子，前脚跟后脚，先一步走了。

恰恰是大弟、父亲的"玉碎"，才让母亲、我和家人之间的"瓦全"关系，有了改善的动力。

父亲去世三年之间，母亲几乎完全变了一个人，我也变了一个人之后，母亲的"温柔"到了，我的"理解"到了，可是，父亲、大弟已经不在了。

樱桃永远尝不到自己的滋味。这种痛心疾首，即使在"惜取眼前人"的动力面前，偶尔，也会对迟来的"温柔"，迟来的"容忍"，产生虚无，甚至痛恨。

当然，我更痛恨的，是自己，曾经只喜欢自己最喜欢的，殊不知，愚不可及的，就是固执于自己渺小的好恶、任性的习气。

对于母亲，当父亲走了以后，她的孤寂陡然凸显。

在她的孤寂里，还有人残酷地对她说，我大弟的去世，是因为母亲性格过于刚硬，缺少温柔。说母亲"损子"。母亲的朋友多，有人替她辩护，说碧莲表姨，那么温柔一个人，她的小儿子，也莫名其妙得了暴病，一夜之间就死去了，比我大弟还年轻一些。母亲听了，说，家家有本难念的经，这就是当父母受的活罪呀。

有一天，我忽然想到，母亲迟来的"温柔"，如果是由于老人的恐惧，担心自己性格不讨喜，儿女嫌弃，自己失去行动能力之后，没有依靠，那该是多么凄凉。年过七旬，她依然在"挣"她的"需要"吗？但愿不是。但愿，她是切身体会到，"温柔"是自己可以享有的福泽，并可以分享给自己的家人和四周。至于，应得的"依靠"，她的账户里，早已绰绰有余。

她付出了一辈子，不像父亲退休后有国家的退休金。为了满足父亲的遗愿，母亲也支持父亲土葬在老家山上。但父亲土葬之后，母亲的遗属补助也就没有了。她的经济来源，全靠儿女。

母亲，从小就是自己养活自己的人，还要养活别人。从父母那里，她很少感受"无条件的爱"。因而，她一生奋发，也是让自己有用，让自己满足各种伦理身份所要求的职责，还要在乎其上，精益求精。这，令她精疲力竭，也给别人负担。

　　她每次寄来包裹，一层一层包裹，用崭新的毛线绳，细心捆扎，牢不可破。这让我一次一次体会到，母亲在无法懈怠、无法洒脱的生活里，接近"强迫症"的认真。

　　她十几岁就知道自己脾气不好，要拿东西去置换。她就用十二年青春，去置换父亲的好脾气。父亲身上的千斤重担，她替他扛五百斤。父亲身上，所有的男人的缺憾，她一边骂，一边容忍。早年，别人骂我父亲"断子绝孙"，她给这个"二婚男人"七年生了一个女儿三个儿子。中年，为了父亲的白发变黑，母亲给他蒸煮何首乌，七七四十九天，白天蒸，夜里霜打去毒。晚年，她依然在用风湿严重的双手，给父亲做好吃的饭。

　　十二岁的年龄差，对于母亲的晚年，是个考验。孝顺儿女不如忤逆夫妻。因与父亲感情深笃，母亲的晚年更为艰难。

　　父亲曾说，我们姐弟四个头脑都聪明，很善于读书，是因为母亲脑子聪明。

　　然而，母亲的聪明，似乎是造福别人挑战自己的。

　　我与弟弟们，也许有一般的聪明。如果，母亲当年再放松一些，稍微懒惰一些，不那么辛苦地在细节上培养我们，不把我们举得更高，我们也不会离她更远。对母亲本人的切身好处，未必不比现在多。

母亲造福的不只是她自己和父亲，不只是我，更有她的孙子辈。母亲承受的苦难，不仅是从她父母那里来，也从她的祖辈那里来。

母亲和我，过的都是瓦全的日子，充当的是"中间物"。我们履行传统意义上"女人"和"母亲"的角色义务。我们"先学走"，从自己脚下的真实起点迈开，一切就从女性的生理和物质起点开始。在没有男人的长处之前，先把女人的特长通过学习、实践，发挥出来，作为自己基本的立身前提。以服务丈夫、孩子、家族其他成员作为己任。

然后，我们又"学飞"。由女人变为人。我们向男性学习，参与到社会的各个领域。

意识到女性的变化，母亲也意识到男性应当有的变化。在雪坡，她是少有的让儿子们都做家务的农妇。从切身感知出发，她说，女人都走上社会了，男人为何不走进厨房？她让我和三个弟弟，在婚姻里，不能去"剥削对方"，让我们家务全会，让我们懂得承担。

到了我教育儿子，信奉母亲的这一教条。但对我儿子说："一切过犹不及。不要在求婚时，讨好女孩或女孩的父母，说你会全部承担家务。这是走向了男性的极端面，也让女性走向了自己的极端面。就像曾经，女性极端受家务压榨一样。因为劳累，失去对伴侣的温柔，伴侣也因为对你的付出不能感同身受而辜负你，让你寒心。

你不如留下一半家务给对方，留下一半精力对她温柔，彼此相通相爱，这样才能避免两败俱伤。"

母亲曾以那么清晰的决心，在父亲那里找到"温柔"，却忘记了，爱意千般，温柔第一。尤其是母爱、父爱。大半辈子，母亲的悲观、粗暴、急迫、独断之毒，对整个家庭，包括她自己的伤害，仅靠父亲一个人的"温柔"做"解药"，远远不够。何况，我小时候，父亲，常常远在天边。好在，我那位温柔、文雅的婶婶，与我在同一个屋檐下。

当母亲的棍棒挥舞，我可以就近盼望婶婶出现，对我出手相救。

她对我母亲说一句："你，打啥子嘛打，急啥子嘛急。"

她，一边温和地劝阻，一边用清瘦的身躯，坚定地挡在母亲的棍子和我的恐惧、疼痛之间。

母亲停了手。婶婶劝阻时，母亲挥了一半的棍子，也只好落在空处。

茉莉花、葡萄糖那样的"婶母温柔"，对于我，也"象征着仁慈、信心、善良、永恒、幸运和幸福"，就像母亲小时候，无助时刻，在她祖母那里，体会到的祖母绿一样的"祖母温柔"。

翠绿的松针，洁白细小的清甜

坐在电视机前，看着老电影《摩登时代》，母亲说，停不下来的传送带，传送带边上忙个不停的小人儿，就是她大半辈子的样子，也是小时候的我。

上学读书，成为我的"避难所。此外的时空里，家务、农活，无穷无尽。日常生活"传送带"旁边，母亲，一直忙个不停。但她，还是我的"工头"，有时候，凶神恶煞。

母亲也有"工头"。小时候，是她的父亲；出嫁后，是生活现实，是她为家庭"开辟活路"的责任心，是她个人的要强之心。现实、责任心、要强心，母亲，难以克服。

除非夜里躺下。白天，累了，我刚刚站立一下，母亲看见了，带着鄙夷的眼神，没好气地说："大活人，像个树桩。"

盛夏的正午，整个村子都在歇息。我，顶着烈日，跑到没有人烟的森林，弄回牛草或者柴火。这时，母亲的笑容就会出现。

有时候，太疲乏，我就地躺下。在田埂的泥草上，在母亲看不见的地方，一下子就睡着了。最好不要生病，母亲的神经，难以承受。照顾着，照顾着，她就怒骂起来。劳动中，出了事故，第一件事，不是关心伤势，是要先看看母亲在哪里，不要被她知道。

小学二三年级。冬天。黄昏。我铡猪草。左手食指的指尖，被铡掉了。

惊慌中，墨绿色的猪草里，那个苍白的指尖，找到了。吹一吹，按到手指的伤口上，用右手紧紧握着。看母亲不在家，我赶紧跑。跑过一个大大的冬水田的田埂，左脚踩进污泥里，拔出来，接着跑。

跑到母亲的好友碧莲表婶家，她的丈夫冷老师在家。我急着问他："我的手指尖，还能不能长出来？"

我跟随着他的视线，看见，从我右手指缝里流出的血，已经在寒风中凝固了。冷老师把眼神移开，冷冷地说："恐怕，长不出来了。"

我惊恐地接受了那个事实。在雪坡，他最有知识。他在静安乡的木兰溪小学教书，周末常常回到雪坡。他不苟言笑。在我父母面前，我偶尔见过他也会笑。我上小学前，要去木兰溪的外婆家，或者去静安乡政府找爸爸，母亲偶尔会托付冷老师捎带我。跟着他，走几十里路，他都不说话。我跟着他，他的背影，像一棵生了虫的李子树。

某个冬日，大概出发前，我多喝了水，路上总是找不到机会小便，我只好撒在棉裤里。冷风，把棉裤吹得硬邦邦的。为了赶上他的脚步，我的腿，被棉裤磨得很痛。见到爸爸，我才敢说真话，又让爸爸不要告诉母亲。那次回家，爸爸对母亲说："以后，不要麻烦冷老师带女儿。她跟不上大人的步子，也耽误别人的事情。"

我不喜欢冷老师，也不害怕他。但他说的那句话，让我惶恐不安。我不知道，手指头长不出来，被母亲发现了怎么办？

我没有包扎伤口，如常地劳作。我的手指尖没了一半，母亲没有发现。渐渐地，我就不在意这件事了。后来，左手食指的指尖，又长了出来，与其他手指指尖相比，只是略有不同。

伤痕，留在左手食指的指甲下面。如果不去凝视手掌，常常保持左手松松握拳的姿势，我就看不见那个伤痕。至于当年的疼痛和恐惧，也早已留在雪坡。

有时候，我回味，冷老师身上，有知识和理性武装的阴冷，母亲身上，有责任和母性本能驱使的酷热。这两者，因为时机不成熟，无法中和，不难冻伤或烫伤一个小孩，我为此感到遗憾。同时，我也遗憾，在那样粗糙的环境里，我竟生得那样敏感、那样记忆顽强。昔日的精神伤痕，闭上眼睛，依然清晰。还需要更强大的力量，最终消化它们、转化它们。

幸好，消化和转化这些创伤的意愿，并没有失去。这种意愿，最初，来自雪坡的爱。其中，包括母亲的倾力付出，包括母亲身边一些人的温柔、善良。

除了父亲，母亲与身边的其他男性，保持着坦荡交往中的距离，毫不费力。就像，除我之外，她与身边的其他女性，保持着互帮互助的亲密，也毫不费力。

从小，我就看到，母亲身边围绕着不同年龄的女性朋友。在雪坡，在瓦全镇，我总是跟着母亲，和我口中叫着的婶婶、表婶、奶奶、姐姐、妹妹、侄女们打交道；在父亲单位，我口中叫的那些阿姨、姐姐们，也是母亲的朋友。

与后来在瓦全镇一样，在雪坡时，我们家里，也总有来来往往的乡邻。有的，是收工路过顺便坐坐，说些闲话；有的，是找母亲要点他们急需的药品或者其他东西；有的，则是给我家帮忙，留下来吃饭。

我喜欢家里来的是表婶。表婶来了，在厨房，母亲和她们说话。表婶们说话，总能说到母亲心坎上。母亲，自然很高兴。表婶们，总是闲不住，在锅灶后面，帮母亲烧火、拉风箱，见什么、做什么。我呢，这时，就不再担心母亲发脾气，甚至，也不用干活儿。

家里来了男人则不一样。如果父亲在家，父亲要去陪他们。活儿落在我身上不说，还得额外给这些男人端茶递烟，忙起来容易出差错。母亲的怒火，随时会烧到我头上。

在所有表婶中，有一位碧莲表婶，在人多的时候，会来我家。其他时候，又与母亲单独往来。在雪坡，她与母亲是密友，休戚与共。母亲留给我的最早记忆中，碧莲表婶也在场。

某个夏日，在碧莲表婶家。我玩了半天。傍晚，母亲去接我。在一个描着花的红漆小桌子边，母亲和表婶，先坐着说了一会儿话。我拿着随身携带的小水杯，跟着母亲回家。走到院子边上时，碧莲表姊说："你是我生的，不要走了。"我将信将疑，看着母亲。母亲没有否认表姊的话。我转身离开母亲，往表姊身边走。走了几步，又回去，把水杯给母亲，说："这是你家的杯子，还给你。"

从那以后，她们再也不跟我开玩笑。这个故事，父亲、母亲和碧莲表姊，都对我讲过。我也依稀记得，表姊当时的笑容和瘦弱的身影。她的身躯，从来没有挺直过，那天也像叶子茂密的藤萝。她的四肢，向胸怀方向微微聚拢，那天也像灌木弯曲的嫩枝条。她说话的声音，柔弱清亮，那天也像清晨刚刚生出来的瓜蔓。她的笑容，和气绽开又有些收敛，那天也像秋天迎风微卷的细草叶。

与碧莲表姊不同，我的母亲，不给我草本或灌木的联想。她让我想到松树。松树是雄健的，刚强的。松树会开花，有腻人的金黄花粉；松树会结果，结满树的松果，松果张开时布满松子；松树在秋季，会落下金黄的松针，和松果一样，可以用来点火；松树树干上，树皮会翘起来，满身伤口的样子，还会流出松油……

碧莲表姊和我的看法一样。有一次，我和她在松林里割草，她对我说："你妈，就像松树，全身都是宝，献给家人和亲朋。连烧出来的灰，也是白色的，干干净净的，可以用来给粮仓做记号。"

我没有反对她的话。但我补充说："我妈，脾气太坏了，就像刚砍下的松树枝条烧火，满屋子烟雾，呛得人想跑。"

碧莲表姊没有说什么。过了一会儿，她在一棵翠绿的松树下，叫我过去后，对我说："妹儿，你闭上眼睛，别用牙咬，我给你吃个好东西。"

一种凉凉的清甜，在我嘴里化开，比我吃过的所有的糖都清甜。无与伦比的感受。碧莲表婶让我看，一些翠绿的松针根上，有细白的小圆点。她说，那是松针蜜。表婶说："你只吃松针蜜，不要嚼着松针，松针又涩又扎嘴。松针点火是好东西。"

后来，我一个人去森林里，也会找松针蜜吃。百吃不厌的清甜。不过，每一点蜜，只有针头大小，很难不咬到松针的苦涩。只有管好自己的牙齿，从容不迫去品尝，才能避免误食松针的苦涩。

离开雪坡后，东南西北，都能看到松树。但我再没有去吃过松针蜜。看到松树，我偶尔会想起母亲和碧莲表婶。慢慢地，她们也都离开了雪坡。

有好些年，母亲和我，都没有见到碧莲表婶。她到远方一座城市，她贴心的小儿子家里去了。她的长子，还在瓦全镇。她的长子，也是我父母的义子。母亲就从这个义子口中，不时打听到碧莲表婶的消息。我与母亲见面也少。见面，母亲就会谈起碧莲表婶，谈到当年，在雪坡，她们互相理解、互相扶持。

母亲说，她们处境相似，丈夫都在单位工作，家里农活家务都靠自己，都有大小差不多的三个儿子一个女儿，都有公婆要伺候，等等。母亲说，她们性格相反，但为人都不怕自己吃亏，都愿得别人好，所以，两人最合得来。

母亲说，有一回，她贫血晕倒，碧莲表婶把母亲叫到她家，给母亲煮肉吃。煮好，看着母亲吃下去。她知道，肉送到我家，我母亲必然会煮了给祖母和孩子吃。在厨房里，母亲尝也不会尝一口。另一回，碧莲表婶家的粮食歉收，孩子们不够吃。母亲说借给她。把 180 斤粮食背到她家，母亲才说，那是送给她家孩子们吃的，不让还……

因为，很多年前，是碧莲表婶，让我发现翠绿的松针上，那洁白细小的清甜，所以，她的故事，事无巨细，我都喜欢听。遗憾的是，在碧莲表婶晚年，我听到了她最不幸的消息。

她的小儿子，刚四十出头，就在一周之内，突然病逝了。母亲非常同情她，反复说，不知碧莲表婶心里要遭多大的罪。又说，人哪，什么都看不到，不知会发生什么；说我大弟弟秋风前两年得了癌症，碧莲表婶和她的小儿子，还特意回来看过秋风。

碧莲表婶失去小儿子一年后，我母亲也失去了她的大儿子，秋风也在四十多岁去世了。这时，表婶回到瓦全镇，和她的大儿子生活在一起。有时候，也离开瓦全镇，去另外的城市，和她的二儿子或小女儿生活一段时间。

母亲和碧莲表婶，从青年时代开始，就是同甘共苦的姐妹。在风烛残年，又互相开解，互相打气。有时候，碧莲表婶由长子陪着，去看我母亲；我小弟回老家的时候，母亲又由幼子陪着，去看碧莲表婶。她们在对方身上，看到自己失去的，又看到自己没有失去的。

接着，因失去长子，过度悲痛，我父亲去世了。母亲的孤苦，难以言表。电话里，母亲说，碧莲表婶去看她，手抖得不行，人也缩小成一团了，还在鼓励我母亲要坚强。我问母亲，碧莲表婶的丈夫冷老师怎么样。母亲说，幸好冷老师还行，没有垮掉，还能够照顾碧莲表婶。

那一次电话后，我对小时候尿湿的棉裤，还有剁掉指尖的那个遥远的黄昏，彻底释然了。那"无动于衷"的冷老师，他的"理性"，让他在人生最大的创伤面前，保持了韧性和力量。他的"理性"，让他活着，而不是像我天性情浓的父亲那样，弃绝了他热爱的生活，割舍了他另外的亲人。

我没有腹诽父亲的意愿。父亲，一生只为"爱"而活着。少年丧父，为了家中弟妹，他辍学养家；青年时期，为了陪在祖母身边，他放弃了远走高飞的机会；中年时期，小儿子生病严重，他请假回家亲自照顾，停止继续读党校，放弃了提拔机会；长子病逝，这最后的打击，父亲，竟以命迎接。

父亲，把爱和自由，给家人，当命运不济时，他就把自己牺牲掉了。凡是有牺牲，就有别的牺牲跟随。夺取者，也被夺取。就像一棵风口上的大柏树，一旦砍下来做房梁，它也就无法在风口挡风。母亲，把责任和奉献，给家人，当生活太艰难时，她把自己牺牲掉，还不够。曾经，站在她近旁，最愿意替她分担的我，就被她无休止地掠夺，暗地里，她又承受左右为难的罪责。

安·兰德说："我发誓，我永远不为他人而活，也不要他人为我而活。"这样的铿锵信条，我也想拿来，当自己的座右铭。然而，我这一生一世，已经做不到。我的父亲、母亲，曾经为我而活，账未结，我如何能够"不认旧账"，拍手走人，只为自己而活呢？

我更多希望，母亲，不要再为儿孙活着。就在余生，洒脱一点，无畏一点，为她自己，终究活上一些岁月。我也相信，母亲的儿孙，不会再让母亲继续牺牲。

我自己，如何在有限的人生里，让自己和身边的人，都活得更好一点呢？我想，如果，我能回到当年的处境里，以成熟的生命观，以深切的同情理解母亲，那么，原生家庭的"旧账"，就能更早地勾销，我就可以"无债一身轻"，在余生，也好好地，为自己活一场。

当我能够，好好地，为自己活一场的时候，我就不会让孩子为我而活，不会让丈夫为我而活，不会让家人替我偿还"旧账"。他们的人生，也许就可以，从零或正数开始，而不是继续在泥潭里从负数开始。我也期待，与我有类似境遇的人，有更好的人生，有从容不迫的心情，在翠绿的松针中，品味那洁白细小的清甜，而不必咬嚼那松针的苦涩。

母亲的眼泪

坐在门槛上，扇着扇子，母亲说，女子睡觉睡得那个深沉，把她扛过一座山，也不会醒……

春节刚过，母亲和我就脱下新衣服，背着农家肥上山，挖开冻土，把肥料埋到芦笋地里。

此后，母亲精心侍弄。细致文雅的枝叶，从芦笋地里慢慢长出。初夏早晨，潮湿的地里，芦笋冒出来，顶着露珠，反射着朝阳。

每天，母亲上山，都赶着晨光。她一个人，在地里跪几个小时，小心翼翼，把成熟的芦笋掏挖出来。早饭，顾不上吃，还得赶路去收购点。把新鲜芦笋卖掉，饿着肚子回家，才换下渍满汗水、露水和软泥的衣裤。

她一反常态，不允许我帮她，怕我手不细，伤了笋根。母亲说，这是你们姐弟四个的学费。

到了八月，玉米成熟的季节。母亲还在芦笋地里收尾，我成了玉米地里的先遣军。收玉米是粗活，我有经验，母亲可以放手。

一整天，在一片又一片玉米地里，我穿梭不停。踮着脚，拨开锋利的玉米叶子，细心查看，那些干了穗儿的玉米棒子，确定老了的，就掰下来，反手扔进肩上的背篓里。

为了跟各种动物争夺夏秋的收获，一天连着一天，我独自去搜索参差成熟的玉米。

等到玉米全面成熟，母亲，才从别的事情上脱身，来和我一起收拾。到那时，我的脸上，被玉米叶子划出的伤痕，也新旧难辨了。脚底，厚厚的死茧，使我偶尔因躲避疼痛而站立不稳。有一天，傍晚，终于连人带玉米，滚到了路边的稻田里。

母亲把我从稻田里拽出来，不知是心疼被砸倒的稻子、被泥涂了的玉米，还是其他一切不如意都在那一刻涌上心头，总之，她对我又搡又骂。

那天晚上，我没有吃饭，就睡下了。不知什么时候，我感到脚底发热。睁眼一看，是母亲，正举着油灯，查看我的双脚。我闭上眼睛，没有理她。过了一会儿，她取来剪刀，小心剜剪那些死茧。她的动作很慢，让我不耐烦。

忽然，我的脚背上，滑过凉的东西。

母亲在流泪……

第二天，一切照旧。母亲与我，又忙碌在玉米地里。她的眼泪，谁也没有提起。在后来，所有的日子里，对母亲流泪的事，她和我，都没有提起过。

盛夏初秋，累死累活。母亲和我，把玉米粒从玉米棒子上搓下来，晒干，收进粮仓。水稻，也在秋雨里，好不容易收拾完毕。稻谷，进了木柜子。稻谷，磨出米时，会有米糠，是猪和鸡的食物。稻草，围绕一棵一棵树，垒成一个一个垛，储备为耕牛冬天的食物。

空出的玉米地，又栽种了红薯苗。红薯苗结成红薯，红薯长大成熟后，被我们从泥土里挖出来，一个个洗干净。

不眠长夜开始了。

那是十月前后，雪坡的深夜，有些寒冷。

母亲坐在院子里，切着红薯片。剥剥剥，剥剥剥……刀锋在灯光下闪烁，我陪着母亲。

母亲左手边，红薯小山，很快消下去；母亲右手边，薯片小山，不断堆起来。

我也双手不停，把一个背篓里的红薯，往母亲左手边送；又把她右手边的红薯片，往另一个背篓里装。一旦有休息的空隙，我就会打瞌睡，有时，从板凳上跌下来。母亲，却从来没有把手切伤。

天亮了，村里的晒坝上，满铺着我家的红薯片。难得的好太阳，母亲高兴地说："天时，是抢来的，懒人的粮食，就只有烂掉，老天不等人。"

春耕夏耘，秋收冬藏。冬天，母亲过得很踏实。我们家，粮食满仓，家畜满栏。

下雪前，母亲看看皇历，找到几天好日子，带着我上山。有时候，还会请乡邻帮忙。连续几天，我们都在砍柴。

那些砍倒的杂树、荆棘，一捆一捆搬回家，垒在房前屋后。几乎够一整年煮饭烤火。

大雪来了，母亲早已做好腊肉香肠，等着给全家过一个丰盛的年。

新年后，又将开始一年的循环。

春节刚过，母亲和我，就脱下新衣服，背着农家肥上山，挖开冻土，把肥料埋到芦笋地里……

不过，从某一天开始，所有的粗细活儿，都只等母亲一双手了。四季轮回，年月循环，劳累的时候，也只有母亲一个人，坐在我家高大宽敞的屋檐下，喝着解乏的老鹰茶。

因为，父亲的工作单位离家远，又忙，他很难回家帮助她。我十二岁那年，离开雪坡，到瓦全镇去读中学，当住宿生。弟弟们也都上学了。

此后，我和弟弟们，成为父母射出去的箭，一年一年，我们的射程越来越远。在我们成年独立之前，母亲这面弓，被拉得越来越紧。母亲，一边羡慕着我，一边留在她早已成形的命运轨迹里。

离开雪坡，我如鱼得水。父母舍己慷慨，给我绰绰有余的零花钱。母亲，像地基一样埋在了我的生命里。我的眼睛看不见她。在她的基础上，我建设自己的生命大厦，热情洋溢。"更上一层楼"的梦想，激励着我。

生命最初的十多年，在母亲世界的过度约束、辛劳、恐惧，我终于解脱。在愉快、温暖、大方的父亲世界里，我得到一些来自远方的礼物。我吃得好，穿得好，学习好，爱阅读，爱玩耍，深得父亲的信任，母亲也为我自豪。

比起住在家里，依然受着父母管束的城镇孩子，我自由自主；比起住在集体宿舍，有些经济拮据的农村孩子，在需要花钱的社交场合，我没有顾虑。在母亲身边时，我能深深感知她的劳苦，但眼睛看不见的时候，我就会忘了她。我毫不手软地花钱，忘了那是母亲的血汗钱。

随即，进入青春期，我也没有想起母亲。在一些尴尬时刻，我依赖身边的女同学、女朋友，甚至陌生人。

有一次，同龄女孩谈到家人，骄傲而满足地赞美她母亲，想念她母亲温柔的眼泪。她问我："你妈，爱哭吗？"我说："我妈，爱发火。"

那一刻，我难得地想起了母亲，想起那个玉米成熟季节，母亲的眼泪。但我拒绝记忆蔓延。眼泪，是我母亲的突然温柔，比她的一贯脾气败坏更让我尴尬，不习惯。这，就像一个穷光蛋，可以习惯衣不蔽体，对突然的"奢华"，反而不自在。

那样的不自在，在母亲流泪的第二天，我就已经体会过。第二天中午，坐在门槛上，扇着扇子，母亲说，女子睡觉睡得那个深沉，把她扛过一座山，也不会醒……

我知道，她说的是昨夜，她给我剜掉脚底的死茧，我也没有醒。那一刻，我从不自在到羞愧到恐惧。我恐惧她继续讲出当时的细节。那种恐惧，仿佛在暗夜里被歹徒控制住，要面对抵在咽喉上的刀尖。随着恐惧，还涌起一股不可遏制的厌恶之情。

那种厌恶后面，还跟随着愤怒。仿佛饥饿不堪的人，突然看见垃圾堆里的食物，要依靠有力的愤怒，才能拒绝承认自己对食物的渴求，仿佛大丈夫"威武不能屈""富贵不能淫"。

母亲，并不知道我内心的风暴。她还是以她的方式，过于用力地爱着我。就像她的眼泪，要滴在我的脚上一样。

在不可解除的母女关系中，母亲在缘木求鱼，我在背道而驰。我原本以为，只要以老实而倔强的方式，与生活斗争一场，从物质层面上，打发掉这一生一世的缘分，就万事了结了。

然而，生命有自己的进程，就像生老病死一样必然。无论要求多么简单的人，只要彼此联结紧密，都不甘心让彼此的关系，只停留于物质和生存的界面。总有一个时刻，有些关系，必然要面对情感、面对精神，何况是母子关系。

我与母亲，母亲与我，需要一个必不可少的过程，为我们的关系，找到和解的路径。

我们不再需要与贫穷搏斗，不需要与对方争斗。在死亡最终把

母亲的愿力

我们分开之前，趁着还有机会，我们需要治愈共同的精神创伤。我们需要重建一种自然健康的关系，至少能够，自在地谈论母亲的眼泪；也能够，在必然的一天，把自己的眼泪，从真挚、亲密的心里，献给永不会再流泪的母亲。

"夹生温柔"，明日黄花蝶也愁

母亲的身体，能用的，都给孩子用了；母亲的心，能给的，都给了孩子。但，母爱，仍是一座海中冰山，所呈现的，只是水面上的那八分之一。

空旷的大厅里挂着一幅幅画像

无框的脸孔倚靠在无名的壁上

有着注视人世而无法忘怀的眼睛

就像你曾见过的陌生人

那些衣着褴褛、境遇堪怜的人

就像血红玫瑰上的银刺

饱受蹂躏之后静静躺在刚飘落的雪地上

这是一小段歌词，来自一首纪念悲剧画家凡·高的歌曲。爱尔兰音乐人罗南·基汀在为纪念去世母亲制作的翻唱专辑 *Songs For My Mother*（《献给妈妈的歌》）中，翻唱了这首歌。听到这首《文森特》，我会想起文森特·威廉·凡·高和他母亲的关系。

前一个孩子夭折之后，凡·高出生了。凡·高的母亲，无法摆脱创伤，无法终止对凡·高的忽视与苛待。凡·高的命运，从母腹中就开始了。他留给世界惊人的杰作，但，他活着时候的苦难，却没有得到弥补。

凡·高的传记电影，近似恐怖片。这位天才的灵魂惊惧，展现在画面中，让人不忍直视。这残忍的痛苦背后，隐藏着他的母亲，那位被丧子之痛摧毁，又摧毁另一个孩子的母亲。

在中国农村，有些地方，若一个孩子的前面或后面，死过另外的兄弟姐妹，就会被认为："这个孩子命太硬，'顶'死了前面的孩子，或'踩'死了后面的孩子。"如果有算命的人说，父母与子女相"克"，也会在父母心里留下阴影。有些母亲，会保护孩子，有些母亲，会放弃孩子，或记恨孩子。

有人锦上添花，有人雪中送炭。母亲，送人一条生命，给人一生一世。

母与子，什么是你我的唯一？什么是你我的第一？什么是你我的最后？你是你，我是我，还是你与我？隐秘与甜蜜，厌倦与恐惧，以及一切的反面，终将消失……在一个词语、一句话、一个段落、一篇文章、一本书、一生的文字里寻找你我、母与子的缘起缘灭。

母之爱，像豆子般饱满坚实，费力磨制，成为洁白柔软的豆腐，却被命运推搡到灰堆里。豆腐掉进灰堆里，拍也不是，打也不是。

有时候，我惶惑，暗暗问，我的母亲，是不是我在前世遗弃过的孤儿？

在我眼里，母亲的样子，像隐蔽在苔藓后面的峭壁。有正午的阳光照拂，也是一半灿然，一半阴郁。独自面对她的照片，我也不忍凝视：她微笑的表情里，有一种向隅而泣的阴影，任何姿势、举动里，都隐藏着一种受过内伤般的僵硬。

母亲的睡相，我未曾见过。我猜测：梦中，劳作未息的疲惫表情，与病痛抗衡的焦虑神情，使她像一片卷曲在月光下的枯叶；她的灵魂，不能安然住在她尘世的身体中。这身体，孕育，生育，养育，一刻不停，太艰辛，没有一处舒适。未能安居乐业的母亲之灵，犹如一枝悬崖百合，在风中摇摇欲坠，面向深渊，闻到自己的孤芳。

年轻时的母亲，表情坚毅，有过两条很粗的辫子，短短的，宜于劳动。她在耕耘、撒播、栽种、砍伐、收割、翻晒、归仓；她总在洗涮、剁切、烧火、盛满、摆上餐桌、招待；她在怀孕、生孩子、哺育、教养、伺候老人、牵牛、喂猪、养狗、唤猫、关鸡；她在吵闹、打骂、安排、调解、给邻居找药、给亲戚送钱物……

背负沉重，她深深弯腰；土地需要勤恳，她常常跪在地里，伺候农作物；天时宝贵，她往往夜半起身；她百事牢记，除了自己的劳逸……

对这些，家人或都熟视无睹。劳苦艰辛卑微，她自己也理所当然。一个农妇，要强、自尊为儿女未来着想，比他人格外多几倍辛勤；一个农妇，积劳成疾，病重也难休息；旱涝保丰收，为养育他人而生，是庄稼一样的农妇，不可推卸的使命……

母亲的有些样子，像被重锤打进原木的钉子那样，扎在我心里。

她在阁楼上哭泣，她想出家或者死去。我和弟弟们围绕着父亲，在阁楼下，求她放下她撤走的梯子，让我们能上去安慰她。那天家中亲朋满座，八十个碗碟都用光了，客人们披星戴月地离去，对母亲的厨艺赞不绝口。母亲累得一口饭都吃不下，杯盏狼藉等着她洗，父亲坐下歇一口气，祖母在屋子里要药吃，孩子们正在打闹嬉戏，猪牛在圈里踢打催促喂食，母亲登上阁楼大哭不止……

母亲最自卑的，是她的坏脾气。她用加倍付出来赎罪，所有人受了她的好，却不原谅她的坏。她人品端庄、能干、健康，多少人来求婚，她说她有自知之明。我的父亲，脾气温和让她安心。

坏脾气是烧热的油锅，好脾气是水，两者的相遇无益于平和。父亲奔前途，需要母亲独立持家，数倍艰辛。在外人看来，却是母亲受了"夫贵妻荣"的恩惠。我是她的长女，劳碌生活唇齿相依。她一面训练我勤劳的习惯，做事的能力，一面迫不得已需要帮手。城门失火殃及池鱼。她累我也苦，热油总烫我。白天忙中出错，她狠狠打我。夜里等我熟睡，她看见我的无辜模样，又独自垂泪。

在母亲身边洞察的人性，格外让我感到伤悲。人因小恶，忘人大恩。我希望自己，让母亲好人得好报，不被命运嘲笑。但，爱与亲密并非近亲。

她把我喜欢的衣服，不由分说拿去周济别人，我暗中难以释怀。她肌肤的温度，我从无感觉，也不知道，与她拉手，是什么滋味。

我额前的头发，遮住了眼睛，父亲轻轻为我顺一顺；对于母亲，这样的举动，无异于去摘天上的星星。

只有一次，我与母亲同睡一张床铺。不过，还不如没有那样的回忆。我被她狠狠地、厌恶地推醒，大约是我的脚，碰到了她的脸。是的，在我们母女之间，仿佛有一种麻风病，阻隔着我们。自从出生之后，我就在别人怀里吃奶。母亲的身体与我之间，仿佛永隔了深渊。偶尔架起的栈道，就是母亲打我的棍棒。

我们一开始的关系，就是你死我活。母亲怀孕七个月，还如牛马般干着重活，没人告诉她该注意什么。告诉了又怎样？生活的石磨要日日推着，这是常事。她和重物、锄头、斧头以及胎儿，一齐从山坡摔滚进窖坑。

意外早产，母亲生产时只能跪着，三天三夜，膝盖已破。母女濒临死亡，医生问：保大人还是保孩子？去取产钳，要夹碎孩子。她坚持同生或同死。最后侥幸，母女一起，死里逃生。

产妇饥饿，奶水不足，早产女婴，咬伤她的双乳。她忙，她累，她饿，她痛。天地之间，一个孤独辛劳的年轻妇女，父母兄弟丈夫，一个也靠不着。不给她负担，就值得庆贺。孩子，是她己身所出，舍命所得，仿佛也是仇敌。

除了坏脾气不能改，除了亲密不能赐予，她极尽所能。

她把我，由人性的散沙，捶打煅烧成了一块青砖。其中蕴藏的坚硬和强悍，是母亲给我的干粮，让我得以远走高飞，把她抛弃在故乡的土地上。

她心中的安慰是，在故乡，她能有一小块葬身之地，她相信无论多远，我会回去看她。我也同样不能给她亲密，但一块砖能忍受另一块砖的生硬。没有更好的温柔，有时，也是我们认命的默契。

家教的严酷，并不妨碍另外一种娇惯。即使我住校不在家，我的闺房也无人能去，洁白的床单，水绿的被子。不许乡邻在我面前说粗话。兰花种给她自己，栀子花一个夏天都给我。她亲手做的梅子蜜茶，是我最爱，年年都有。我不愿与人共餐具，她就单独给我收在一边。

乡村筵席，没有公共的汤勺，母亲把第一碗汤盛给我。从初中住校到大学毕业，母亲给我的零花钱很多，令同学惊讶。母亲说，穷家富路。小家碧玉，掌上明珠，让我早年的人生旅行，自在大方。母亲难忘自己早年的挫折，她要培植精神上的骄傲和娇贵，来抵挡如草一般卑微潦草的自我宿命。她愿自己是淤泥中的藕，女儿为碧水上的莲。

第二章 祖母的高山

莲与藕，一别两重天，两地三千里，一分数十年。

晚年的母亲，吃斋信佛。她认了一个女师傅，与她只要愿意，只要愿意，近在咫尺，早晨能见，傍晚可聚。女师傅来自北方，和我是同龄人。女师傅的故乡，如今是我安家所在；我的故乡，如今是女师傅的出家地。母亲，既得了一个师傅，又得了一个女儿。这位北来女尼的普通话，也是我的日常用语。母亲与女师傅，家人般相处，与之交谈，不知母亲寄托了多少寂寞的思念。

我就这样离乡背井，抛弃了母亲。就像在另一世，我不知为何，抛弃了我的孩子。那个孤儿，隔世成了我的母亲，依然被我抛弃。佛，是母亲的皈依。冥冥中，给她送来一个女师傅，一个象征的女儿。

母亲的桂花开了，女师傅在桂花树下；母亲的兰花开了，女师傅在兰花盆前；母亲的牡丹花谢了，女师傅捡起那些花瓣；她常常听见母亲病痛的呻吟，她亲亲热热，拉着我母亲的手说话；她们一起烧香礼佛，她们一起谈论我……

后来，女师傅去了别的寺庙。母亲失去了这个忘年交。

父亲生前，曾多次对我谈论母亲。

父亲去世前，隐约担心他走后，母亲的处境会有困难。他总在儿孙面前提及母亲的好。他对我说："你母亲小时候太可怜了。你外公把她当牲口一样使唤，用大棒子打伤了她。她的头都被打破了，后来，每到雨天都会头痛。你外婆也不管，只顾自己。"父亲又说："你妈，很聪明。她要是生在稍微好一点的人家，能够把书读完，她会是最好的外科大夫。你们姐弟几个，都很会读书，有现在的生活，除了你妈很努力劳动，要和我一起支持你们读书，她的智商遗传也有很大的作用。"

父亲一再温和地替母亲"表功"。他说："你妈，很无私，很贤德。"他讲到我们小时候，母亲细心照顾我们的种种细节。父亲说："别人家的孩子，都变成了'包老爷'（被蚊子咬得满脸是包），有的孩子，得了疟疾，就死了。你们身上，一个'印印'（很轻的痕迹）都没有。你母亲，会想各种办法。有些蚊子，扇不走，熏不跑。你母亲就用灯火烧。白天，不管多累，晚上，她都会跪在床上，举着煤油灯，一个一个烧光那些蚊子，让你们一夜睡到天亮。"

我先生听了我父亲的话，对我说："你要暗示爸爸，让他放心，你理解你妈，我们会一直把她照顾好，直到她百年。"我对先生说："物质方面，毫无问题。天天给她打电话、问候、关心，也不难。但是，创伤太深，我和她无法特别亲近。我会尽量自我疗愈。但是，万一有一天，她太老了，我不一定能亲自给她洗澡。我害怕与她有身体接触。"

我先生说："你都能够给我妈洗澡。真需要时，我也可以给你妈洗澡。这没有什么。那时，老人早就老成婴儿了。不过，你妈，真的缺少那种慈母的智慧。伤你太深了。她有恩于全家人，是因为她的忘我付出；她伤害全家人，也是因为她没有自我，不懂得爱自己，便不懂得别人的自我，不会恰到好处地爱别人。她对自己以坏脾气作恶无能为力，总在天使与恶魔之间变来变去，不断需要维持良知的平衡。"

"更重要的是，"我先生对我说，"你要吸取你母亲的教训。把她传染给你的病毒，慢慢消除掉。你毕竟比她受到更多更好的教育，你有能力提升自己做母亲的素质。你要对儿子温柔。你甚至可以不必对孩子那么好，但绝对不要对他坏。

"人对痛苦的记忆最深刻，所以会记仇。恩仇有时候无法相抵。你理性地判断：一个母亲，一辈子会对一个孩子做多少件事情，也许对孩子做一百件好事，就免不了会做一件不恰当的事。但是，你一旦回忆，立即浮现出来的，更多是不愉快的事情。尽管我们会说'不以小恶忘人大恩'。但是，作为母亲，最后要别人只靠责任心来报答你，其实挺失败。这，对父母、儿女双方，都是艰难而可悲的。

"只有责任的亲情，如同嚼蜡。长辈的可爱，不是老了就可爱，而是在壮年的时候，就尽量在孩子的心里，留下不可磨灭的温柔，极力避免伤害孩子的言行。如有伤害，要懂得及时道歉和弥补。还有，俗话说'患难见真情'，尤其适用于父母和孩子，要在对方痛苦的时候，及时给予雪中送炭般的关心。就像你爸爸。你看，我们想起他，都是他的笑容、慈悲，以及可敬、可亲、可爱。

"你的亲生母亲，对你付出那么多。但是，你对她好，除了她是你亲生母亲，还有一个额外动力，竟然因为那是你爸爸的期望，你有些爱屋及乌。你理性地想过没有，你与父亲的关系，也许有某种'距离美'？相对来说，除了生育之苦，事无巨细管教孩子的母亲，更容易成为'恶人'。"

母亲的愿力

我默默思忖，这是一番肺腑之言。又想到，父亲去世之后，母亲在发生变化。正在变得"可爱"起来，我感到欣慰，愿意期待，自己与母亲都变得更好。

母亲的唠叨或坏脾气，尽管事出有因，在家庭成员的感受中，也会"一丑遮百俊"。这就像一个人到了旅游胜地，遇到坏天气，坏到无法前去观看，等不到天气变好就离去，以后再也不能重来．那失之交臂的沮丧或遗憾，与风景绝美的程度几成正比。

童年早已逝去，青春年代不复再来，对于我来说，在母亲身边遭遇的身心创伤，犹如母亲在她自己父母身边遭遇的创伤一样，注定是永久的悲哀。

"明日黄花蝶也愁"，亲子之间建立亲密关系的时期一旦错过，就像赏花来迟，花不等人。迟到的人，只能面对"明日黄花"。

与失之交臂的名胜古迹不同，亲子关系的创伤，如果不能及时修复，所造成的坏影响，不仅是历史的，而且会在未来朝向两个方面：一是母子关系本身的一世煎熬，二是上一代母子关系对下一代母子关系以及子孙的影响。

如何减轻"悲哀"的债务？

这近似于高额的房贷，分本金和利息双重的偿还。本金偿还得越快，债务利息才不会过多。无债一身轻之后，就可以心安理得拥有房产，逐渐有新的储蓄，或去做另外的投资。

对成年儿女，赡养父母的义务，是天经地义的。让父母老有所养，病有所医，对父母问寒问暖，用好言好语好脸面对父母，等等，自然都能做到。然而，更高品质的亲情，还期待无须忍耐的心，没有隔膜的亲，以及深深的喜悦之情。否则，看上去挑不出毛病的亲情，只能算"貌合神离"。

爱，是责任，是付出，是忍耐，是慈恩，而喜欢才有的亲密却不可强求。

无疑，母亲与我，从未怀疑过彼此的爱。然而，种种缘故，母女之间的亲密喜爱之情，却在严苛的教养里被扼杀殆尽。这，对她，对我，都是莫大的遗憾。母亲与我，都没有同胞姐妹，她与她的母亲也是爱而不亲，而我，又只有一个独子。种种遗憾，对于她和我，退而求其次的弥补，从血缘亲情里一时得不到。

现实生活，会经常提醒这种遗憾。幸好，从小，父母给我的家庭价值观之一，是喜见别人好。所以，周围朋友的母女亲爱，不会带给我痛苦，反倒让我欣慰，自然不会因嫉妒而伤害别人的美好。

牢记生活经历，是我的爱好。无数过往的生命细节，牢牢栽种在我心里。无数现实细节，都会引发我的回忆和联想。

当年，我远离母亲，刚到北京时，在清华大学北门小院租房住。第一个夏天到来，我闻到一种气味，遥远而熟悉。我立即知道，那是京郊的住户仍在用"敌敌畏"杀灭害虫。因为我记得，在我小时候，很多人身上都有虱子。但，母亲有办法，不让我们染上。她督促家人勤洗澡，不允许我们借宿别人家。家中留宿过客人之后，母亲让我，用开水烫洗衣物。母亲还会亲自处理床铺，她先稀释"敌敌畏"，再用棉花蘸上药液，去给席子和蚊帐消毒。

当我在举目无亲的北京，被"敌敌畏"的气息包围，仿佛被故乡包围。就在那一刻，我蓦然感到毒药的甜香，犹如母爱栩栩如生。

也许是距离遥远，让我有一种勇气，仿佛隔着铁笼子欣赏猛虎，又像小偷端详赃物。我站在房东家的院子里，凝视那棵石榴树，静静地回忆，母亲给过我的，几个温柔片段。尽管有些尴尬，有些陌生，但那毕竟是母亲的温柔。

不知不觉，我在北京生活的年月，超过了我在父母身边的年月。在这里走过的每一步，都藏着母亲对我的伤害的记忆，也显现了母亲的严格教养对我的生活所起的帮助作用。

当我认作他乡作故乡，老家山水入梦来。有一天凌晨三点，梦中醒来，回想梦中，我从父亲工作的静好乡，回老家雪坡去。路上，铺满了灰绿色的绣花尺幅。在那些美妙的图案上，我心旷神怡地行走，回到母亲身边……

梦中醒来，我再次意识到，父亲已经永逝，而母亲还健在，可是那分离的日子，也并不长远。

我懂得自己的梦。绣花与针脚是关于父亲的回忆。布幅是我的生命。绣花与针脚，是父亲给予我的亲情，喜悦、美好。我希望，喜悦、美好，能通向母亲。

这个梦，给我希望，让我不断去端详"横看成岭侧成峰"的母爱。对于我，母爱确实是一座冰山。曾经，我更多注意的，是冰山上的八分之一，是它所呈现的寒峰，是母亲的暴躁、悲观给我的厌世感。慢慢地，我更多去注意的，是母亲对生活的全力以赴。

这个梦，让我从母亲与我的关系跳开，去观察各种人的各种关系，或者我与其他一切人、事、物的关系。父母、孩子、兄弟姐妹之间的关系，也属于天道，有些可为，有些不可为。如果"每一棵草都有一滴露珠去养"，那么每一种关系，每一个人，都应当得到慈悲的眼光……

这样的观念，正是母亲的朴素生活态度。面对生活难题，母亲总是不屈不挠。我也要不屈不挠，去减轻或偿清昔日的精神创伤债务。

在梦的回想与诠释中，我迷迷糊糊又睡了一阵。再次醒来，已是黎明。早年在母亲身边养成的早起习惯，使我无法体会睡懒觉的乐趣。新的一天，可以早早开始，接着昨天的好书读下去，愉悦、美好的感觉，犹如重温梦见父亲的梦境，又仿佛等待黎明的霞光照耀我的早餐桌。

想起，曾经有很多年，我惧怕冬天的黎明。因为幼年，在母亲身边，作为长女，常常四五点钟就起来劳作。黎明留给我的，是刀锋般的触觉和铁锈一般的气味。至于夜晚，有时候，精疲力竭，再也没有意志力在饭后洗碗，就宁愿饿着，就去睡觉。母亲以为我病了，也会"放过我"。

寒号鸟的故事，母亲曾一遍一遍给我讲。她说，生存是铁，你要在年轻有力气的时候，多打几锤；年老力衰时，你才有尊严。如今的母亲，满足于她晚年的自由，像捕蛇者那样"退而甘食其土之有"。如果知足常乐，生存的难关，对于我，也已经越过。从黎明到夜间，慢慢地度过每一天，自由自在，去亲近大自然，以及自己喜爱的人类心灵。

父母培植的"生存之道"，是勤谨、付出、无怨、感恩，以及知足常乐，不贪求物欲，不让"更好"来做"好"的敌人。

遗憾的是，父母竭力资助培育我之后，造就的是"分离"。有一种说法是，"不争气"留在父母身边的孩子，才是最爱父母的。当我有了新的故乡，似乎也是对我质朴父母的"背叛"。

无法与父母共享的灿烂，犹如无法与任何人共享的孤独。"父母在不远游"，我的父母做到了，我却没有。不远游，不足以报答父母的呕心沥血吗？父母常常安慰我，说"忠孝不能两全"。是的，我"忠"的是自我，是自己的前途。

不得不过度牺牲的是母亲，"当仁不让"的是我。正是自甘劳苦的母亲，粗糙困苦，又老实坚定的培育结果，让我做母亲时，有了尽可能"忠于"自己的机会，不再像她那样过度牺牲，还能递减对下一代的牺牲。比如，我与我的孩子，能在同一座城市安居乐业。

生命的原点，是那样低洼。要成就一个人，就要以伤害一个人为代价吗？也许，更智慧的母亲，能接近两全其美；更智慧的孩子，能够与母亲博弈，减少自己成长的代价。不必等到有一天，像我这样问自己：那"夹生温柔""明日黄花蝶也愁"的代价，我该如何偿还母亲，偿还自己？

我儿子，曾对我谈论他的外婆。他说："有时代原因，外婆那个年代，认为父母、老师都可以打骂孩子。外婆没有超越时代。外婆对你的爱，是真的。爱的方式不好，才两败俱伤。妈妈，你说过，生活太艰难了。你当时离外婆最近，除了需要依靠你，她把自己对命运的怒火，忍不住都发在你身上了。这是一种祖传'邪火'，我们多搞一些'灭火'手段，就能控制'火灾'。"

第二章　祖母的高山

母亲，曾在狭隘的河湾受苦，又在崎岖的高山拼搏。

因母亲竭尽全力付出，女儿，终于抵达平原。

平原辽阔平坦，女儿的命运也变得平坦辽阔，

是母亲曾经不敢梦想的生活。母亲来到平原，走走看看，

感受女儿的生命状态，

感知到另一种女性命运的喜悦和任重道远。

余生的母亲，以孤独，以勇敢，以自尊，以慈恩，

继续成全女儿的命运。

第三章

女儿的平原

母亲，坐在空旷的家里

华北平原，第一次震撼我，不是因为北京的浩大，而是在从北京去白洋淀的路上，我看到绵延不绝的玉米田。

刚到北京，就有个机缘先去看看我在课本里见过的白洋淀。在作家笔下，抗日战争年代，白洋淀的农村妇女，"既温柔多情，又坚贞勇敢"。她们是我外婆和祖母那一代。

汽车行驶，像航船，穿越玉米绿波。那磅礴的海洋，涌动的力量，温和的信念，扩展着海岸；那站立的武库，挺拔的戈矛，柔软的利剑，召唤着战士……

那个时候，我想到了母亲。

因为平原，我想她出生的河湾，她出嫁的高山；因为玉米，我想到她的玉米田、她的芦笋地。

那一年，我二十七岁，大学毕业五年，已婚，但没有孩子。

那是中国取消粮票，人口开始自由流动的头几年，是 20 世纪 90 年代"北漂"涌入北京的头几年。那时，"丁克"想法，也从媒体话题，成为女性个体的生活实践。当时的我，并没有这些清晰的认识，只是不知不觉，踩着时代的鼓点，一步一步，摸索着，走着自己的"女性之路"，不同于母亲的"女性之路"。

母亲，在她二十七岁的时候，已经生了四个孩子。她的身体，破裂了四次。她的生命，化为更多的碎片，寄在丈夫、孩子身上，扎在雪坡的泥土里，以难以更改的方式，过完她的一生。

因为时代氛围，国家政策，父母的付出，我读了大学。顺理成章，我的恋爱、结婚对象，是一位同龄大学生。教育带来的见识，共同的价值观，时代提供的选择，让我们很容易达成一致，选择终身不要孩子，或者"为了避免年老时后悔"，保留生孩子的选择。

因为不用忙着生孩子，我选择考研究生，以改变处境的不如意。

在北上的火车上，我感到，离母亲越来越远，和父亲越来越近。尽管，我的父母，都在老家瓦全镇。

到了北京，人地生疏。我仅有的依靠，是父亲给我的自信和勇气，是母亲给我的为人处世的价值观、日常生活技能、礼貌和习惯。刚到北京，我一无所有。日复一日，我有了越来越多的师友、同事、合作者。父母亲对我的家教，显现出了美好价值。我先生说"严师出高徒"，说在我小时候，母亲对我的"虐待式"培养，是最好的礼物，用了最差的包装。

在母亲身边的成长经历，我试图从"实用角度"去理解。我想，母亲在"无法选择"的处境里，尽力做了"一些选择"。似乎为了让我未来的人生有"更多选择"，她让我"无法选择"自己的童年生活。

我与雪坡同龄人的不同，似乎是"无法选择"造就的；我与母亲的不同，则是"更多选择"造就的。

但是，母亲对我的锻造，像锻造铁块。百炼之后，我变成了一块"好钢"，也变成了一把"刀刃"。在现实生活的事务面前，这把刀削铁如泥。同样，在亲人需要的亲密关系面前，这把刀能吹断发丝，割断的是母子之间所有的温柔。

离乡背井好几年，与其说"没有时间"回去看看父母，不如说，童年创伤，让我对故乡望而却步。与血缘家人同在一个屋檐下，我有一些难以克服的心理障碍。比如，不能和他们一起看电视，或谈论某些话题，不愿让他们觉察我在用卫生间，在洗澡，在晾晒内衣；不能忍受他们关心我的私事，包括他们祝贺我生日，我也难受……

不在同一个空间，一切都好办。假如我感冒了，父母的电话，我就让先生接，以免他们关切的询问，让我感到难堪。

不过，当我装修好房子，第一时间，还是接父母来北京，与他们分享自己的"物质生活"。尽管，对我的日常生活细节，这是一种考验。但对父母的报答之心，对他们的牵挂之情，让我决定"豁出去"。

在父母尚能走动的那些年，我一次一次"豁出去"。在我买房之前，从我租两居室的房子开始，几乎每年，或者偶尔隔一两年，就把父母公婆一起接到北京，在我家住一两个月。每次，都是母亲决定，他们来去的时间。

当他们住在我家，我感到内心幸福、踏实，同时也感到艰难。家务增加几倍，我不怕。我乐于倾其所有，照顾好父母们。

是他人无法觉察的心理障碍，让我痛苦。比如，父母们在客厅时，我下班回家，就会修改洗澡时间。我有点洁癖，不洗澡换上居家服，我就不愿意在家里坐下。我就一直站着，等到客厅空了，我再去洗澡，换衣服。

周末，父母们在客厅看电视，即使家中卫生间空着，我也宁愿跑很远去上公共厕所，唯一的原因，只是不希望母亲注意到我在做私人事情。小时候，母亲把我盯得太紧，控制着我的一切私人行为，以便把我纳入她的家庭劳务安排中去，或者把我归顺到她认为正确的言行中去。

弟弟弟媳家，距离我家只有一两公里路。有时候，我多么盼望，父母暂时到他们家里小住几天，让我喘息一下；然后，我再把父母接回我家。遗憾的是，那个时候，弟弟弟媳的孩子太小，孩子的外公外婆和他们生活在一起。即使受到热情邀请，我的父母，也不愿意影响弟媳一家"看得见"的生活，很少住在他们家里。

也许，人与人之间，没有说出来的话，"看不见"的内心，都是"声声在耳""历历在目"的。我猜测，母亲，在我家，也在暗中"忍受"某些心理不适吧。

在"一个巴掌拍不响"的氛围里，"相处不亲"的亲情，付出最多的亲情，挚爱最深的亲情，造成的撕裂，大概就是这个样子吧。

我至今记得，当年，每一次，母亲都打扮得整整齐齐，来到北京。

我上班时，母亲宁愿在家里给我们做饭。没有我的陪伴，她就喜欢与我的家、我的物品为伴。在她眼中，京城里的繁华热闹，没有儿女的气息来得那么贴切。

在我家里，母亲有些谦卑。强悍、泼辣，我幼年时熟悉的母亲的形象，无影无踪了。盐，先放还是后放，她都要问我一句。我说："妈，这些，都是你教我的呀。"母亲总说："不知道，你有没有新的习惯。"

出去玩的时候，母亲抢着买水和零食。给母亲的每一笔钱，她都记在心里，仿佛她欠我的。一有花钱的机会，她就给我们花，但不觉得我们欠她的。她把她的钱，她的劳动，她的健康，她的心情，都给了我们、给了家，并不给我们记账。

不在一起时，母亲给我的每个电话，都有祝福和道谢。她总是感谢，儿女给她的任何一点点，哪怕只是打一个电话，叫她一声妈。

母亲曾抱歉地对我讲，她老了，她只有能力给我祝福了。那些祝福，对我来说都是沉甸甸的。但母亲，还嫌太轻。她把我给她的钱，慷慨地捐给寺庙。母亲说，她用我的钱，去给我积德，我的一生，就会平安。我对母亲说，我相信她为我做的一切。在生活的每一个重要关口，要实现某个愿望，或者出差深夜，到达陌生的城市，无人陪伴的时候，我就刻意去想母亲，去使用她给我的祝福，以得到身心的平安。

除了祝福我们，母亲的私心，还希望，她的儿孙们，和她坐一个圆桌，吃她做的饭菜。

然而，母亲很难得到这些。母亲得到的，更多是坐在空空的大房子里，大大的空桌子旁，应付不好的胃口。只有，仿佛听见远处有儿女的笑声时，母亲衰老的牙床，才会突然有力，香香地咽下一口饭菜。

许多年前，母亲，是一个健朗的农妇。她的田地里，麦浪滚滚，稻香扑鼻，玉米金黄，她的菜园子里，花果累累。母亲盛年的生命，与秋收前的庄稼，相映生辉。然而，秋收之后，田野，变得松懈疲惫，呈现出安宁的空旷。母亲，也正是通过她辛勤的劳作，鼓励、帮助儿女远离家园，把她丰收的人生，变得一片空旷。

秋收之后，母亲长久地、长久地，坐在空旷的田野上；入睡之前，母亲安静地、安静地，坐在空旷的家里。

母亲的坏脾气

有人说，玫瑰虽香，刺扎手。这个类似于河豚肉鲜美但河豚有剧毒的比喻，一直被很多人反过来用于对我母亲的评价。

对河豚和玫瑰，人们是从好里找出不好，以见人们一分为二的本领。但对我母亲，我的家人和别人，是要从她的不好里找出好来，以便仁慈地原谅她。似乎说：河豚有剧毒，但肉质鲜美；玫瑰有刺，但花香宜人。

的确，我和我的家人，都嫌弃母亲的坏脾气，却习惯母亲支撑和收拾得舒舒服服的家、可口的饭菜，以及她对我们时时处处的细腻照顾。

母亲，一直是在自己的亲人和旁人的原谅里，过着她自己的生活，也主宰着全家人的生活和情绪。

有很长一段时间，我恨我母亲。我恨她为一点儿事情就发火打骂我和弟弟。我恨她不管是孩子不懂事还是别人惹了她，她都对我父亲发火。中学时，我在日记中写道："母亲像带了电荷的乌云，随时可能在家人的头顶上炸开霹雳。我恨她让全家人生活在诚惶诚恐中。"

我对别人说："等我有能力的时候，我要把爸爸接到我身边生活。"我有个弟弟，则发誓长大了决不当我父亲那样性情温和的男人，任自己的妻子在家里作威作福，无法无天。

我大约是在三十岁后，才知道该寻求原谅的不是母亲，而是一直充当母亲的赦免者的我和家人。而这个时候，我的母亲已经五十多岁了，头发花白了，她除了坏脾气之外，又多了一个更坏的身体。这个坏上加坏的人，和各种药物成了亲密伙伴。

我把父母亲和公婆都接到北京。但我要么早出晚归，要么出差，很少有时间陪伴老人们。我的母亲就给全家人做饭，帮我照顾公婆。我的婆婆年纪大了，但她是一个随和的人，任由我母亲把她打扮成一个漂亮老太太。母亲说，天天在你们小区走来走去，不要让你们没有面子。母亲还替我婆婆换洗内裤，帮她洗澡。母亲知道我有点洁癖。

两个月后，老人们都走了。母亲提着行李出门的时候，父母们住过的房间，变得一尘不染，没有任何遗弃的杂物，还要清空厨房的垃圾桶，把垃圾带下楼。两个还是崭新的脸盆，她也带下楼放到回收站。她每来一次，都要新买两个脸盆自己用，离开的时候就送到回收站。我每次回到老家，也总是有新的脸盆拖鞋牙膏毛巾单独为我备好。

到了周末，我坐在阳台的摇椅上，享受难得的空闲。风频频掀动窗帘，送来隐隐的清香。我才发现，母亲在这两个月里用完了我存储的所有洗涤液，又给我买来了新牌子的。我的窗帘，穿过一两回的衣物，甚至备用的被子，她都给我清洗了。我查看屋子的各个角落，除了灰尘和杂乱不见了以外，我发现家里还添了不少东西，尤其是厨房，多了砂锅、平底锅，多了切熟食、水果的砧板和刀具等。

我有些沮丧，看来，我给母亲的零花钱，她全给我添置东西了。我请她来北京玩的时间，她全耗在给我打理屋子了。

我想：难道这是所有母亲都会为儿女做的吗？可是母亲细致到了连窗帘上一个多余线头都替我铰掉。母亲如果脾气好一点，就是个十全十美的人了。

我过去也多次被母亲感动过，我也总是会想：母亲如果脾气好一点，就是个十全十美的人了。那几乎是一种思维惯性。但，那天，我的思维就在这句话上突然刹车了。我第一次觉察到母亲这爱的辛酸，原来，多年来，她面对的都是轻易辜负她的人和贪婪无度的人，而她一直还在接受各种原谅。

我想起母亲伤心地说，她觉得生活没什么意思，想去出家。

当时，我想的是：你自己脾气不好，伤害了家人，事后又内疚不已，总是这样反反复复，当然生活没有意思。

当时，我没有想到：母亲从小天分很高，学习好，可是需要帮助她的父母和弟弟们，她中途退学；在农村里，敏感细腻，爱干净又讲究的她，不愿苟且草率，却要天天面对粗糙繁重的一切。

父亲在外工作，也无法帮她。她拉扯四个孩子，孝敬两家的老人，把全家人收拾得干干净净，给我们一些讲究的习惯。比如，我的闺房，从来不会因为家里来客多而充作客房。她曾经可以在家里招待八九桌客人，不用到邻居家借碗筷。

她把山谷里的野兰花，移栽到我家的庭院中，把栀子花给我养在水缸里。

母亲还挖过人形的何首乌，切成片，在秋天有霜的时候，蒸四十九回，让屋顶的霜打四十九次，然后晒干磨成粉，给我父亲吃，让他的头发由灰变黑。而母亲自己由于常年劳累，患了胃下垂，她亲手做的各种美味，远近闻名，她自己都不太吃。

她是一位在能力上非常称职的母亲。在我的成长路上，母亲庇护我的岁月里，我没有遭遇过其他损伤。那些老乡要说粗俗的笑话，得离开我家的院子远远的，因为我母亲宣布，必须言行得体才能靠近她的女儿。

她更不会出现一般乡村母亲们容易出现的无知软弱的错误，比如给孩子吃错药，或者不小心让好端端的孩子出现意外。她似乎有那种能把每一件事情都做得漂亮的天赋。

不说她养的孩子，就说她种的庄稼，也总是最好的。她会观察天气安排农事，晒谷物的时候，似乎从来碰不上天下雨；她也许刚刚栽下禾苗，老天就会来帮她浇灌。

我过去似乎看见母亲所做的一切，但却把她细致入微的爱心看成天经地义，心里介意的只是她的脾气不好。这样一个被辜负的人，再加上身体不好和生活的重担，好脾气又从哪里来呢？我有什么资格期望母亲要为我们十全十美呢？

母亲只是在对家人的爱心中竭尽心思。我们正是在母亲的爱中才有了好脾气。我想，也许，我们像母亲爱我们那样去爱她，母亲的好脾气自然就回来了。我想弥补也许还来得及。到母亲节那天，我在邮包上第一次把父亲的名字替换成了母亲的名字。写的时候才意识到，母亲的名字竟然是我第一次在邮件中使用。

我收到了母亲的回信。她在信里感谢我的礼物。母亲的字看上去有点幼稚，那是她四十年前辍学时的字迹。

原来，母亲是那么在意这件事。虽然在过去的年月，她从来没有就她的名字说过什么，也没有把她别的委屈真正讲出来，或者讲出来了，也没有人如履薄冰般去重视她。家人见到的她似乎只是在为生活琐事发脾气，而且只有见到她发脾气时，才把那份重视给她。

究竟原谅的权利在谁手中呢？

母亲的愿力

就像药食同源一样，中国人的亲情之爱，很多时候，是善恶并举，恩怨交织，功过相抵的。但，如果是玫瑰刺存，而花落，则难有公平。

　　即使玫瑰的刺扎了人的手，人们也只应该在内心有一个警戒，说，玫瑰是有刺的，而不是说，玫瑰刺开出的花还算香。我想，我脾气不好的母亲，也只是带刺的玫瑰，而不是玫瑰刺开出的花。

母亲与佛

那一年，夏天，我端详母亲的脸，像第一眼看一张陌生人的照片。

那一刻，一张脸上显现的祥和、欢喜，把我吸引。我不由自主去端详，才惊觉，那是母亲的脸。

我的座位，距离母亲三四米远，在她斜对面。我是在听大家说话时，走了神，看到了母亲的样子。母亲那时的样子，让我有些惊讶。

从小到大，我所见的，大都是母亲脸上、身躯上的艰辛、痛苦。她偶尔的笑，也像是一棵冬天的树，被人装饰了假花。而那一刻，母亲脸上的微笑，像春天的梨花，真切地开放在枝丫上。

那一刻，母亲身边，坐着我父亲、三个弟弟、两位弟媳。父亲八十寿诞筵席，刚刚结束，亲族们，刚刚离去。父亲，正在接电话，女婿、小儿媳、孙子、孙女的电话，他们都在北京，未能回到老家。

那是我家聚得最全的一次。母亲的四个孩子，各自成家，四散他乡之后，很难那样聚在一起。那也是大弟患重病几年后，状态最好的一段时间。

告别父母，回到北京，我对先生说，我第一次，仔细端详了母亲的脸，第一次，看见了母亲发自肺腑的欢喜，第一次发现母亲的祥和之美。

仿佛，母亲脸上，偶然绽放的一朵祥云，被我瞥见，凝视。随即，这朵祥云，又被风吹散了，就像一张陌生人的照片，给我看了一眼，就拿走了。

当时，谁也不知道，那竟是母亲面前的最后"圆满"。

那一次聚会后，母亲做了一个梦，梦见我家雪坡的老屋，靠山那一面的后墙，连着坍塌了。第二年，患重病的大弟弟去世了。第三年，父亲去世了。

七十岁的母亲，跌入精神痛苦的深渊，瘦了将近二十斤。那个时候，除了儿孙，给她切近支撑的，是她所信的佛，以及和她一起信佛的老朋友。

母亲是在五十岁以后，拜了师傅，信了佛。

有时候，我打电话到家里，只有父亲一个人在家，说母亲上庙里去了，或者和朋友出去了。

寄给母亲的钱，她多次以子女的名义捐给庙里，或者救助贫弱。来去北京的时间，她还要参考师傅的安排，担心错过寺庙的活动。有一次，到北京才一个月，她就固执地要回去，说是一个老朋友去世了，她要回去帮忙举行超度仪式。

对于这些，晚辈有些微词。父亲说，自从母亲信佛之后，脾气慢慢在变化，他的日子好过些了。家人看在父亲面子上，对母亲信佛这件事，不再说什么。

母亲有些不自在，只能简单表白说，佛学也是文化，并非迷信。想必，母亲一向为孩子们自豪，有些担心，自己的行为，被我们看不起。于是，她就把自己的行为，纳入我们能够接受的解释中。她说，我的书架上，也有好些关于佛学研究的书。

有一天，母亲打电话，悄悄问我，小弟家的孩子，近来身体怎么样？我说挺好的。当时，一岁多的小侄女，刚住进医院，要做一个手术。这么小的孩子做手术，我也揪心。这一切，都瞒着老家父母的。

想不到，一辈子做梦灵验的母亲，这次梦到小孙女不好。

母亲对我说，没事就好，如果孩子病了，让我也转告小弟，不要担心，孩子不会有任何危险，她，已经在佛前，烧香许愿了。

我放下母亲的电话，就给小弟打电话。小弟说，孩子刚进手术室，他正提心吊胆地等着手术结束。听了母亲的话，小弟沉默了。然后，他说，他这就给妈打个电话去，让妈放心。

有一年夏天，我正在生病，也不得不去看望生病的大弟，在潮湿的成都待了二十天左右，回到北京，我病倒了。真的是倒下了，两三个月躺在床上不能动，夜不能寐。我被吓得心里没底。求医过程中，对医院又十分失望。大约也是我性子急，对抽丝剥茧的治病过程，难以忍受。

尽管，我的私事，一向不愿意告知父母。但，出于对未知的恐惧，我硬着头皮，还是给母亲打了电话。母亲似乎十分欣慰，能为我分担。她显得轻松，说，没事，没事，这是你今年的运势，到了10月后就转运了。

到了10月，我的病好了大半。再给母亲电话，母亲说，过了新年，春天到了，就完全好了，以后就一直很好了。

我不自觉地信了母亲的话，按照这个时间表，来安排自己的生活、工作计划。

到了春天，我果然完全好了。一个阳光很好的日子，我给家里打电话，是父亲接的，父亲说，老家也是一个大晴天，母亲到庙里斋戒去了。

我问父亲，关于我的病，母亲怎么预料得这么"神"呀？父亲笑着说，"神"是有点"神"，不过也很科学。原来，那几个月，母亲一直在家看各种有关健康医疗的书报刊、电视节目。根据我的症状，母亲做了"科学"断言。难为了小学文化的她，一辈子好学，围绕儿女的需要，活到老学到老。

此外，父亲悄悄告诉我，几个月来，母亲去庙里更勤了，在家里，也天天诵读《地藏经》《金刚经》等。母亲身体不好，可是读经，一读就是两三个小时，三四个小时。为我的病，母亲读经已经七七四十九天了。

母亲去庙里，也是到师傅道友身边，去排解自己的内心压力。在电话中，她先给我最好的心理暗示，然后，就去佛前求助"神力"。

过了些日子，我打电话回去，这次是母亲接的。说父亲和几个老朋友散步去了。我问母亲在做什么，她说，刚读完经。她说，她要给家里每个亲人读经。给我的读完了，还要给她自己，给父亲，给弟弟、弟妹们，给孙子们，给所有亲人，都念很多卷经。我们前世今生的病灾，她都要替我们消掉，让全家人终生平安健康。

接着，母亲说，前段时间，小弟寄去一笔钱，让她换了新的电视和播放机，她可以看很多佛教影碟。母亲又说："你生病，我也没法来照顾你，也不能给你寄钱。妈老了，只有给你祝福了。不过，妈说你好，你就是一定会好。你的孩子也一切很好的……以前，你祖母，也总是这么对我说。她说的好话，都是应验了的。"

听着母亲说每一句话，我保持平静，没有插嘴。

把褓褓中的儿子抱在怀里的情景，那时浮现在我眼前。我和母亲一直不够亲近。如今，在生活中，经过历练的我，慢慢懂得，敬天畏神。母亲，似乎给了我，另外一个精神褓褓，给了我，一种无法言说的力量。

我想到一位女友，在怀孕时，她遵循一个"金标准"：对于孩子，只要是没有坏处的建议，包括在神佛面前许愿，不管科学不科学，她都信从。另一个女友，则有怀孕座右铭："耳不听非言，目不观严事。"我在孕育自己的孩子时，与这些姐妹一样，也怀着不谋而合的祝祷。

也许，母亲，从孕育孩子开始，直到自己永久告别儿孙之前，似乎都在用一种怀孕的心情，试图呵护孩子的命运。从小，母亲也恶言恶语地骂我，但给我祝福她从不含糊，她不放过任何一个祝福我的机会。她一生竭尽所能，和父亲一起，让我和弟弟们，具备成长所需的物质条件；年老了，她皈依向佛，也是那样既虔诚，又"功利"地，在为儿女、亲人谋求福祉。

母亲，对于自身，不一定"人尽其才"；对于孩子，却"物尽其用"，从耗用她的身体，到透支她的心神。当自感渺小无助，母亲，就去向佛，依靠那"法力无边"的加持；当自感孤独无依，就去向佛，亲近那来者不拒的慈悲。

一些与佛理相关的书，我给母亲寄去，和她谈论有关话题，向她请教某个繁体字的读法。母亲再来北京的时候，我调整房间，给她一个可以念经的安静之所。她的安详满足，给我最深的慰藉。

她种的萝卜香菜都长得很好

天底下，到处都是儿女。遇见一个儿女，就遇见一位母亲。

晚上，梦见一个夭折的童年伙伴。我们对坐着吃饭，他抢过我的碗，要吃我碗里的饭。

白天，一位做记者的朋友，要我帮忙联系一位老朋友，希望能够采访他。我发短信，问他正在做什么，是否方便接受媒体访谈。

他回复说："前天，我妈没了。今天刚火化，明天送回老家。"

第二天上午，发短信问候朋友。他说，正抱着妈妈的骨灰候机。

第三天晚上，看到央视播出的节目中，这位朋友正侃侃而谈。他穿着一件毛衣，听他说过，那是他妈妈给他织的。录制节目时，那件毛衣后面，垂危的母亲，还活着。

那个冬天，因为一个项目，他和我多次碰面。每次，都见他穿着那件毛衣。他说："妈妈癌症剧痛，有时痛得昏迷。不是很痛的时候，就给我织毛衣。"

他一直穿着那件毛衣，似乎是希望，把妈妈的病痛，穿到自己身上，替妈妈解脱。

当他在老家的老屋，静坐守灵时，白色的孝服里面，是否正穿着妈妈手织的那件毛衣呢？

第四天上午，在办公室，我碰巧打开一个网页，看到朋友意气风发的样子，那是他前几年接受采访的照片。那时，他的母亲，还未查出癌症。我拨了他的电话。他说："正要送妈妈去墓地……"

朋友的母亲，享年六十岁。

不久前，曾接到朋友的电话。说是在医院，他妈妈刚被推进手术室。过后，他告诉我，手术很成功。后来几次见面，他都说，希望中国的医院，能给癌症病人和病人亲属做心理指导。

过了他母亲的"头七"，朋友随即去国外出差。

一个月后，一个周末，他说正路过我家，问我能否一见。我走进小区门外的茶艺馆，朋友已经坐在一个角落的位置。看上去瘦了不少。我们说了些闲话。

茶冲泡好了，服务生走了，他喝了一口水说："还是不相信，我妈走了。当时，看她手术后恢复很好，根本没有想到她会走。很多事情没有做，没有好好陪她。尤其是，没有在医院给她守夜，没有在夜里陪她说话。"

我笨拙地安慰他说："其实，你也太忙。"

"不是忙，"他断然否认，"是害怕。我有些逃避。我害怕，眼睁睁看着我妈遭受痛苦。"

"没有想到，她这么快就走了。现在也感觉不到她走了。好像一切都没有变化。

"她已经过了危险期很久了，精神也很好。想不到，她突然走了。

"很奇怪，就是感觉不到我妈走了……

"以前，妈妈说过，期望我把事业做成之后，能安置老家的一些鳏寡孤独，让乡邻病有所医、老有所养……

朋友的话，不断跳跃着，围绕他母亲……

大约又过了一个月，清明前几天，他说要回老家，去给母亲扫墓。清明之后，他路过我的单位，说见见面吧。不巧，那天我请假在家。他似乎很执着，过了几分钟，他短信说：已经在来我家的路上，几分钟后，能到上次见面的茶艺馆。

这次，他的脸上，已经有了一点点笑容。看见我走进去，就在座位上招呼我。等我坐下来，他说，回家待了一周多。回家第一天，去看八十多岁的外婆，虽然觉得妈妈没有离开，但还是很伤感，尤其和外婆回忆很多事情时。第二天，去看一个远房的舅爷，九十五岁了。第三天去看一位舅舅，妈妈去世后，舅舅也查出了癌症。中间有时候，也去钓鱼，去爬山。每天，都去妈妈的墓地看一看，也到妈妈种的菜地去看看。

"她种的萝卜香菜都长得很好，还来不及收回家。"他忽然重重地叹息。

母亲坐在大路口

天底下，到处都是儿女。遇见一个儿女，就遇见一位母亲。

一位功成名就的先生说："岁月，也把我变成六十岁的儿子了。"

他越来越多地想念自己的母亲。清明节前，独自关在家里，三天三夜，他写了一篇回忆母亲的文章。

每年春节，或者其他时机，这个儿子，都会回到偏远乡村的老家，静静地住一段时间。他说："母亲长眠故土后，那是我与她最亲近的方式。母亲，会赐给我一些神秘的力量，让我带着仪式感的心情，再度出发。"

他说，老家的老屋，在出村的大路口。在老家的床上，他能梦见母亲。

梦醒之后，他会仔细辨识梦里的细节，倾听母亲的嘱咐。他会搬出那只小凳子，坐在家门口，遥望大路。他想去体会，母亲生前，常常搬出那只小凳子，坐在大路口守望儿子归来的心情。

那个时候，母亲年已七旬，他这个儿子，还在各地出差。他只能见缝插针，回老家去看看母亲。

最初，他会给母亲打电话，告诉她自己的归期。从得到消息的一刻，母亲就开始激动，盼望，几乎夜夜难以入眠。

后来，他不再给母亲回家的预告，干脆突然出现在母亲眼前。

几次之后，母亲又条件反射，觉得儿子在每一个日子，任何一个时刻，都可能回家。于是，她就搬着小凳子，坐在大路口，整日遥望。暮色四起，母亲又怀着对明日的期望，恋恋不舍地回到房中，灯下吃饭，尽快入眠。

等到第二天，母亲又搬着那只小凳子，又在大路口守望儿子。日复一日，成为习惯。

有一天午后，邻居的老姐妹来到大路口，和母亲拉家常。母亲说着话高兴，就忘了守望儿子这件事情。

就在那个时候，儿子绕到母亲身后，双手捂住她的眼睛。母亲猜不到是谁，只当是邻居在和她开玩笑。摸索那双手，摸着摸着，母亲叫出了儿子的名字。

儿子松开手，母亲看到真的是儿子回来了，高兴得哭起来⋯⋯

母亲去世后，随时回家，给母亲一个惊喜，还是儿子未间断的习惯。

凝视母亲的坟地，亲近家里的床铺、碗筷，抚摸母亲种植的树木，在母亲耕耘过的土地上耕耘，坐在那只小凳子上，遥望大路⋯⋯

母亲的愿力

妈妈像花朵一样凋谢了

天底下，到处都是儿女。遇见一个儿女，就遇见一位母亲。

刚到北京，做租房族的时候，偶然与一个叫小君的鄂伦春族女孩做了邻居。

有一天，小君带回一束百合花，醒目的橘黄色。我拿给她剪刀，帮她插花。她说，那天是妈妈的生日。妈妈生病已久，她工作繁忙，没法回家看望。妈妈喜欢百合花，她就买一束，养在房间里，减少内疚，寄托祝福。

那天夜里，我们的话题，没有离开母亲。因了一份相通的人子之心，两个萍水相逢的女孩内心，仿佛有两条泉水，亲密地交汇在一起。

小君的母亲，是鄂伦春族出色的歌手，某一天，突然生病，停止了歌唱，沉滞在病床上。我竭力安慰小君，说妈妈会好起来，等到事业慢慢有成时，好好报答父母就行了。

小君默然，望着玻璃花瓶中那一束含苞待放的百合，微笑着，接纳我的劝解。她把手掌合在我的手掌上。过了一会儿，她叹息，告诉我，《圣经》上有一句话说，孝敬父母要快快快。

过了两天，见不到小君影子，又不像出远门的样子，窗帘也未拉上。我看小君的书桌上，那玻璃花瓶中的百合，已经绽开，小小屋子，也被那灿烂的暖黄照亮了似的。

大约一周后，小君回来了，仿佛又成了一个陌生人。我忙着自己的事，想等一个从容的日子，再约她去喝茶。可能是对她有所牵挂，出门路过小君窗前时，我忘不了往里看一眼，那小屋，没有什么变化，只是花瓶里的百合，早枯萎了。

终于见到小君清洗那只花瓶。我应邀进了她的屋子。蓦然看见，那些枯萎的黄百合，被一条黑纱裹着，斜放在一个年轻漂亮女子的相框前。

小君说："那是妈妈二十岁时的照片。妈妈，在生日第二天，突然走了。从家里回来，也不想对你讲。你对父母的感情，也是如履薄冰。"

我的心，像被利器刺了一下，慢慢渗出血来。望着黑纱后的女子，和小君一样年轻的女子，望着陪伴她的干枯花朵，我想，小君的人生，将在很长一段时日里，甚至直到她老年，都会像那只玻璃花瓶一样，在关乎母亲这一面的命运感悟中，只有脆弱，只有空虚。

妈妈像花朵一样凋谢了。唯一的玫瑰，永久凋谢了。

"唯一的玫瑰，现在就是花园"，我想起诗人的诗句。我也想起，在我二十岁出头的时候，写过的一句话："在我伫立的篱笆边，那不为我开的花，却抽枝吐蕊。"

从河湾到高山到平原，从母亲到女儿到母亲，

女性的命运和使命，一直在大地上延续。

女性走在大地上的脚印，

也是女性走在命运里的足迹。

在女性命运的足迹里，

最伟大、最平凡、最艰辛的，

是母亲的愿力。

母亲的愿力，不过一茶一饭，一言一行，一应一答……

看似微不足道，却能改天换地，改朝换代。

因为母亲的愿力，

可以英雄辈出，可以凡人幸福，可以治国安邦，可以四邻安详……

因为一切皆因人而有，因为一切人皆因母亲而有。

第四章

母亲的愿力

当我成为母亲

"照花前后镜，花面交相映"。当我成为母亲，我和我的孩子，需要当下温暖，未来轻盈。我该如何"及时理解生活、及时自我强大、及时宽容过往"？

冬天的黄昏，去学前班接六岁的儿子。

一进教室，他就过来亲我。显然，对我的出现，他欢喜不尽。

我们各自都只戴一只手套。另外两只手，互相牵着，体温就足够温暖。

他走在绿化带边矮矮的围墙上，就比我还高一些。

我们一直手拉手，乱蹦，乱跳，乱唱歌。

我唱："我的乖娃娃呀，我的好儿子呀。"

他唱："我的好妈妈呀，我的妈妈好呀。"

"妈妈，我不原谅你"

儿子突然停下来："妈咪，外婆这样对你说过话吗？"

前面，我和儿子说过很多话，他是指，外婆对我说什么话呢？我迷糊着。

"就是，外婆叫过你，乖娃娃吗？"

我停顿了一下："没有。外婆不习惯这样说话。不过，外婆也很爱妈妈。每个妈妈，爱孩子的方式，不一样。"

"她打伤你了吗？"

"没有，只是打疼了。不过，我原谅外婆了。"

"我不原谅！"儿子厉声说，眼睛涌满泪水。

一阵追悔涌上我的心头。

儿子突然的情绪切换，让我想起他的另一次"不原谅"。

那还是他更小的时候。有一天，他早上醒来，流着眼泪，对我说："妈妈，我不原谅你，你道歉也没有用！"

"什么事？"我强作镇定。

"你关过我黑屋子。"

"什么时候？"

"外婆外公，还有奶奶来的时候，我三岁的时候。"

"为什么？"我有点紧张。

"我把瓜子壳混进瓜子里。"

想起来了。当时，家里人多，他兴奋，一直捣乱，各种花样。怎么说都不听。忽然，我想起母婴杂志上的招，说是把孩子隔离现场几分钟，比如关进黑屋，可解决问题，且不像打骂一样给孩子留下伤害。

我像一个聪明的傻瓜那样做了。

当时，的确解决了"问题"。孩子不再捣乱。想不到，孩子对这件事，如此在意。

为了让孩子能够原谅我，我立即给他道了歉。

道歉之后，我再一次，像个聪明的傻瓜那样，画蛇添足说了一句："我小时候，外婆还狠狠打过我呢，可比关黑屋子厉害多了。"

儿子立刻"忘记"了"关黑屋"的事，追问我，被外婆狠狠打，是怎么回事。

我就讲了一点童年往事。

事实上，如果我童年挨打的痛苦是十，我给孩子讲到的，不过二。想不到，他刻在了心里。

按下葫芦起了瓢

血脉相连，我真实的隐痛，难道儿子知道？

找到合适的机会，我告诉儿子：小孩子，需要教育的地方，总是很多，外婆有很多无奈；况且，外婆教给了我很多重要的东西。我早已原谅外婆了；有时，还感谢她的严格教育。

最后，我还对儿子说："你也要感谢外婆，是外婆的教育，才让我成为你的好妈妈的。"

"那她打人也不对！"小家伙口气非常严厉。他似乎要保护童年的妈妈，那个在时光隧道里的无助小女孩。

事实上，我儿子很喜欢外婆。外婆慈爱而有威严，让我儿子对她的尊重和好感，超过一味对孩子讨好迁就的奶奶。

然而，在对待儿子的方式上，我却希望自己，能偏向于走"奶奶路线"。我先生身上，有一种从容自在的幸福感，我认为归功于他母亲的宽容，和家庭氛围的宽松、没有压迫感。尽管，有时候，我也遗憾，他的母亲，没有给他更多的教养，让他有另外的欠缺。

也是在换位处境里，我感到了做母亲，正如俗话说的"按下葫芦起了瓢"，难免顾此失彼。

有时候，我去想象儿子今后的生活。我像我的父母一样，把家庭幸福，看得高于一切。对儿子未来的想象，我也是以家庭生活为中心。我想，如果，他能够像他的父亲一样，有养家糊口的能力，有一个像我一样把家庭放在第一位的妻子。他们夫妻恩爱，卿卿我我。在我心里，他的人生，就保有了底线。至于其他，在他自己，所愿所能，都是锦上添花。作为母亲，把他带到这个世界上来，我也可以无愧了。

但是，为什么，我还要把孩子"关黑屋"呢？我想，我的母亲常说的"慈母败儿"的观念，早就潜移默化，成为我做母亲的"基因"了。加上，有时候，在日常生活中，我对先生的失望，更让我相信"玉不琢不成器"。我幻想过，如果先生的母亲，更加"有为"一点，对他儿子教导严格一点，他不就会成为一个更全面的人吗？

当然，世界上没有十全十美的事情。好多事情，也是"谋事在人，成事在天"。但是，我还是相信，养育一个人，和厨师做饭一样，火候的掌握，味道的分寸，会让菜肴味道有差别。我也深知，我母亲的严厉，让我受的惠和受的伤。于是，我想，我做母亲，我可以从我母亲身上，借鉴百分之三十的严格，从婆婆身上，借鉴百分之七十的宽和。

恰到好处的母教，哪里去找

曾经，我认定，母亲的温情是第一位的，母亲的聪明、勤劳是第二位的，母亲的严格是第三位的。

后来，我才意识到，很多东西，对于人生，都是"基本款"，尤其是没有得到的，永远是"基本款"。如果我母亲，一直是超级温柔的，对于我的欠缺来说，排在第一的又是什么呢？

我想起，小时候，母亲对我最严苛。她认为：对于男人，哪里的黄土都养人，女人的出路，则少得多；女人要活出自己的尊严，要品行端庄，要能吃苦、能自足，不取巧，能付出。我离家在外，母亲又担心，女孩子身上缺钱，格外不便。我家在农村，从读初中到大学毕业，在同龄人中，我都是钱包很宽裕的那个人。我的成长年代，城乡意识很明显，农村孩子颇受歧视。我对此却毫无感觉。

我很少受到身份歧视。常被误会为"淳朴的""非农村人"。有人还特意跑来，当面问我："刚知道你是农村来的，我都不信。"我单恋一个城里男孩，班主任以为"现实主义"教育，是一剂猛药，能够唤醒我的自知之明，让我望而却步。他说："人家是非农业人口，你是农业人口，不现实。"这样的苦口婆心，我只是一笑了之，也不觉得自尊受伤。因为，我不知道，"农业"和"非农业"之间的"不现实"，究竟是什么。

这样的感觉，让我感到整个世界的友善，也对整个世界充满友善。我希望自己变得更为优秀一些，是为了我所热爱的人们，为了加入这个世界。我的心里，不会憋着一口气，要去战胜什么人，压倒什么人。

我自由交往，朋友很多。除了钱不局限我，更主要的，还是为人处事的细节，得益于母亲的家训，比如：与人交往，要多为别人考虑，不能只顾自己，也要能吃亏；不奸诈，不搬弄是非；愿别人好，能成人之美；珍惜别人的善意，能对别人行善；对一切所得，不要理所当然……给长辈递东西要双手；要讲卫生，不和别人共用一个杯子，夹菜从自己最近的地方，一筷子就走；不给别人脸色看……总之，无限多的细节。

很久后我才明白，这些，正是母亲，以她的坚毅忘我的付出，用她早已承受过的世态炎凉，替我抵挡了许多；母亲，又以她的聪明、不厌其烦，让我有一些与现实打交道的"教养"，让现实的道路，在我脚下显得平坦一些。

有一次，与一位女友见面，她说她离婚了，原因是他先生吃饭太响，在一次社交活动中，让大家难堪。回家后，她劝他先生改掉。她的婆婆还袒护说："男儿吃饭如虎。听着响，多好。"他先生，也觉得，妻子不能像母亲那样袒护他。她说，她离婚，表面上是为一个小细节，其实，是她先生根深蒂固的家教，让她对彼此的未来不抱期望。

我熟悉那位女友的前夫。他身上有很多优异之处。吃饭的习惯，的确是他那一整套优异系统中的"漏洞"，也就是程序员们说的"bug"。就像电脑操作系统的"bug"，人人都在骂，可是，它运行在无数计算机上。最初，没有"bug"这回事的时候，也没有那些系统。

对他人生活的旁观，提醒我，用一点旁观者的眼光，去审视我与母亲的关系。做了母亲的体会，提醒我，用换位思考的方式，去审视母亲与我的关系。

生活，对我们提出了，多少细节要求；生命，给了我们多少，无止境的期望。

我的儿子，将来要交到另外一位女子手中，他还会有岳父岳母，还会有自己的儿女，还会有各种其他社会关系，还要对付各种事情……对这些人，对这些事，我教养的那个儿子，有哪些地方，他能够应对自如，哪些地方，他又是捉襟见肘的呢?

还有，我教养儿子的过程，又会在什么地方，给他造成心理创伤呢? 就像"关黑屋"那件事，一时没有找到更好的方法，为了避免打骂他，我就关了他一分钟黑屋。幸好，三年后，有机会唤醒记忆，我能及时道歉……

如果，我身上有价值的东西，来自母亲的部分，当初她没有给我。她给我的温柔足够，但从温柔中所得，却不足够我应对人生，我会在哪里受伤呢？要受的伤，又是什么呢？在我小时候，母亲常说："路有不平旁人铲。"母亲的意思是，她不好好教育她的孩子，在社会上做事不得当，别人下的手，恐怕比她，还不知轻重……

也许，一代新母亲，能在过往母亲的经验教训里，能在大家累积的智慧里，以自己的愿力善巧，找到为母的中道，无须再非此即彼。

我该如何"及时理解生活、及时自我强大、及时宽容过往"？"照花前后镜，花面交相映"。当我成为母亲，我和我的孩子，需要当下温暖，未来轻盈。

母子关系，一种博弈

"照花前后镜，花面交相映"。当我成为母亲，我和我的孩子，需要当下温暖，未来轻盈。我该如何"及时理解生活、及时自我强大、及时宽容过往"？

人，生来就处在命运的江湖中。俗话说"人在江湖走，哪有不挨刀"。在改善和修复母女关系时，我试着想：无论多么接近完美的母教，都有失手的时候吧。我也试着问：母子关系中的创伤，一切都要归罪于母亲吗？

汪丁丁先生著作中有一句话，大意是，孩子与父母的关系，也是一种博弈。

我对这句话的引申理解是，在母子关系中，即使是幼小的孩子，也是力量的一极。孩子天生的脾性，孩子在成长中所处的家庭环境、时代氛围、命运遭际，都是母子关系中博弈的力量，影响甚至决定着母子关系的好坏，以及孩子未来的命运。

我天生是个有主意的孩子，但我的性格中，也有"逆来顺受"的一面。有主意的一面，会让母亲对我的管教产生难度。在与母亲过多的家务合作中，难免产生冲突。当冲突发生时，我几乎总是"逆来顺受"，任由母亲对我发怒、打骂，从不反抗。这种"逆来顺受"，与我性格因素中软弱的一面有关，与无条件服从长辈的家庭"孝道"教育有关，也与父母的关系模式有关。我是长女，从父母婚姻的早年关系中，经常感受到的是，父亲对他的年轻妻子无条件迁就，这也助长了我对母亲的无条件服从。

　　与我相似的，是我大弟弟。尽管因为他是男孩，家务劳动少一些，与母亲发生冲突的机会少一些。但是，他性格过于内向，从母亲那里受到的委屈，他疏泄的渠道少，常常就积郁在心。偶尔一次爆发，就是把拳头打在墙上，墙出现一个坑，他的手受伤。

　　在母亲那里受到压迫和委屈后，我疏泄的渠道，就是把事情做得更好，以减少和母亲之间的冲突。更多时候，我是暗暗在心里立志，通过学习、阅读等方式，创造自己的未来，以早日摆脱母亲。

　　我家小弟身上，几乎看不到我和大弟身上"逆来顺受"的性格。他从小就能温和地反抗母亲，能有限度地和母亲"谈判"。母亲的脾气，对他没有造成太大的"压迫"。他是家庭成员中，相对"超然"的一个。

二弟的情况则处于中间状态。有时候，他对母亲"逆来顺受"，有时候也会当面对抗。有时候，他还会转移矛盾，让母亲不分青红皂白把我打一顿。他因为弱小就生诡计，利用我是姐姐，"大的要对小的负责"这种家庭规则，把母亲对他的愤怒转移到我身上，让我吃苦头。

等到我成为母亲，我不希望儿子和我的关系，像我与母亲的关系，更不愿意他和我的关系，像我大弟弟和母亲的关系。我也不愿意他像二弟那样，在威压之下，曲折转移愤怒。

我的儿子，性格并不像我的小弟。儿子的性格，与我相似，他有自己的主见，也有我和他父亲身上都有的"逆来顺受"的一面。但他，从小就能与我"博弈"。这，与我有意引导有关。

当他有基本的语言交流能力时，我就告诉他，爸爸妈妈都会犯错，他可以"温和而坚定"地反对我们，如果方式恰当，他还会得到奖励。我告诉他，我大学毕业当老师，走上讲台第一天，我对学生说："我会出错，如果有谁在课堂上或者私下，替我指出错误，我会感谢，会给奖励。"我还对儿子说，结交朋友，尤其要珍惜对自己讲真话的人。

在养育孩子的过程中，我的确有不少"过火"行为。这些行为，当时或者之后，孩子都会给我指出来，有时候，孩子还会强力制止我的行为，避免我进一步伤害他，也伤害自己。事后，我总会感谢孩子。

慢慢地，我就不再有"过火"行为，真正变成了一位心平气和的母亲。

不过，作为天生性子急的人，要走到这一步的确不容易。其中，也有令人难忘的故事，孩子采取迂回的办法，促成我的渐悟与顿悟。

比如，儿子高一军训，胳膊神经受伤，很长时间不能参与班级劳动。等他好了之后，我自作主张订了十盒点心，直接寄到他的班级，让他分发给同学，感谢同学们为他代劳。

过了很久，一次闲谈，他才告诉我，他感到难为情。那些点心，他只是轻描淡写地给同学分发了一些。我问："其余的点心呢？"他说，塞在学校的杂物柜里了。我只好提醒他，赶快去清理掉，别让那些点心长虫子了。那些浪费掉的点心，让我牢记了这次教训，对于他的事，即使是好意，也要先和他商量详细一些。

儿子是一个同情心很重、很宽厚的孩子。在很多方面，他都表现出大气不计较的一面。但是，他在小学、初中阶段，在强势的母亲和女老师面前，他都适当地捍卫了自己的尊严和权利。在某些处境下，他颇受折磨，但他会和我沟通，向我寻求适当的帮助。我小时候，却不懂得向我父亲寻求帮助，去制止母亲的某些行为。尽管，我那么相信父亲的爱，那么热爱父亲、依靠父亲。

我所受的成长创伤，所受的教育，对我做母亲，有些是消极作用，有些是积极作用。

有赖于教育的成果，我的生存状态、生活环境，与我母亲做母亲时，已经大不相同。教育心理学，已经是我这一代母亲的常识。

当我读到汪丁丁先生的著作，看到他说，孩子与父母的关系，也是一种博弈，我深表认同。我有意识邀请孩子一起，把母亲的"任性权力"关进"笼子"里。一般来说，母亲都本能地爱自己的孩子，不好说谁是"好母亲"，谁是"坏母亲"。但是，任何母亲，恐怕都有"好的行为"和"不好的行为"，有"好的时候"和"不好的时候"。如何让自己在"好的时候"，为自己可能"不好的时候"准备一些"预防措施"？我认为，教会孩子与自己"博弈"，就是一个可靠的办法。

至今记得，第一次，孩子合理地批评我之后，我亲吻了他，向他致谢，向他道歉。我从善如流，改善自己的行为。也许，正是儿子的"反抗"式帮助，直接提醒我，在不理想的母子关系"木已成舟"之前，完善自己做母亲的言行。这让我们母子都减少了创伤，减少了未来无可挽回的损失。

教会孩子与父母"博弈"，不只是对亲子关系有好处。更有助于孩子在社会生活中，不受欺压，能够保护自己。

某个视频中，高大健壮的男孩，在课堂上，因为小小的过错，被老师当着全班同学打成重伤。他不跑，不求助，没有当面还击老师以自保。他母亲开车去学校，接他回家时，因为怕母亲发现，他一反常态坐到后座，母亲起疑，才发现他受了伤，把他送去住院。

一位女友，多次提醒我，说我过于软弱，明显有人欺负我，我也不抗议。我不知道，那是不是母亲童年的打骂，留在我身上的"奴性"。又或者是，被压迫出来的"逆来顺受"，加上天生的某些个性特质，让"忍让"与"宽宏"混杂在一起。

这种模糊不清的价值观，仿佛一种文身，让健康精神的本来面目，难以还原。当我做了母亲，在与孩子的互动中，在持续的学习中，仿佛通过一次一次反复的"手术"，才逐渐还原个人的精神健康。

我希望孩子，可以在美好事物面前"臣服"，但不要遭受坏东西的奴役。

引导、鼓励孩子与不当的教养博弈，让我有了完善母职的希望。在教会孩子生活自理的同时，引导他精神自理。我想，面对母亲的不当言行，甚至是伤害性言行，如果孩子有博弈能力，善于保护自己，也是保护母亲，保护母子关系的健康。

当一个孩子，在母亲面前，从小就能摸索出与权威博弈的方式，当其走向社会和未来人生，其健全的人格、健康的心态，对个人幸福和社会进步，都是大有益处的。母亲，也能感到真正的欣慰。

当然，孩子毕竟是孩子。母子关系，主要职责毕竟在母亲。在孩子面前，母亲，仿佛大自然，影响着四季更迭。孩子的力量，毕竟"一室难为春"。

我该如何"及时理解生活、及时自我强大、及时宽容过往"？"照花前后镜，花面交相映"。当我成为母亲，我和我的孩子，需要当下温暖，未来轻盈。

两害相权，取其轻

"照花前后镜，花面交相映"。当我成为母亲，我和我的孩子，需要当下温暖，未来轻盈。我该如何"及时理解生活、及时自我强大、及时宽容过往"？

读到一篇文章，作者说："我们往往想的是，孩子十八岁能考上什么样的大学，但我现在认为，我们更应该关心，孩子三十五岁的时候是什么样子，他和他的孩子，会是一种什么样的关系。"

我很赞同这句话。

我的孩子，已经十七岁。再过一年，不管上什么大学，他都是去上大学了。

在大学里，老师、图书馆和互联网，会帮助他学习知识和技能；他身边的人和社会，会对他的情感、思想和精神产生影响。从物理空间上，从时间方面，从心理上，他与父母之间，都会出现前所未有的"断开"，父母对孩子越来越"鞭长莫及"。

在高中学校，孩子的知识课程，在一门一门结业，老师在追赶高考课程，带领学生准备高考复习。

在家庭教育方面呢？孩子也有很多门课业，需要在上大学之前完成。尤其是那些需要"补考"后才能结业的科目。各位父母、各个孩子的"偏科"情况不同。对于我和我的孩子来说，生活习惯、人生态度、亲子关系这三门课，与孩子的学习成绩一样，都需要投入。

在这个过程中，我一次次发现，要完成这些任务，纲举目张的还是"亲子关系"。

某一天，我与先生都意识到：在密密麻麻的学习日程里，头绪纷杂的学习任务，已经侵占了"轻松随意"的家庭氛围；紧张烦躁，在每天的快节奏里堆积；这种堆积，不只是眼下的堆积，还连接着旧的创伤、新的疲倦和心灵干涩；这种堆积，过去曾经有过多次爆炸，爆炸垃圾还堆积在心里。

我担心，孩子进入青春期，历史遗留问题、眼前冲突问题，如果不能及时解决，就可能引发升级后的"核爆炸"，彻底摧毁亲子关系。

亲子关系一旦毁灭，过了青春期，就极少有机会修复。父母孩子，一辈子都会如鲠在喉。

分析孩子，暂时对他的理解是：他有旺盛的求知欲，很多东西，他都感兴趣。高二，他从图书馆借了近五十本课外书。这些，并非他高考要考的。他对兴趣的执着，占据了他的注意力，对学校的功课，他有些得过且过的倾向。

督促他学习学校功课，就是在与他的兴趣作对。在别人看来，孩子的兴趣爱好，比如编写软件，关注宗教、政治哲学等，不是沉迷网络，不是打游戏，不是交损友，不是早恋，家长应该高兴都来不及。又有人劝我们，推动他去参加某些竞赛，发展他的特长。但，我们了解孩子，他喜欢自由探索式学习。但无论是孩子学钢琴，还是完成学校的学业，其过程，都是在老师、家长的安排下，完成各种"规定性动作"，由于时间、空间和精力限制，孩子的自由探索机会很少。过多的约束，难免不在孩子心里堆积厌倦感。

这种状态，就像往一个窄口的细颈瓶里倒油，不仅需要一个开口很大的漏斗，插在瓶口帮忙，还要随时观察，油流下的速度和油瓶的容量。

这种时候，不免感叹，做父母，比卖油翁和庖丁要难很多。三百六十行，行行出状元，都可以依仗"手熟尔"。可是，孩子，从不给父母反复练手的机会，他们不是油，也不是牛。孩子的每一天都是新的，每一个孩子都不同，做父母的每一天，都是"实习"。

"周公吐哺，天下归心"，父母掏心掏肺，孩子不一定"归心"。

2018 年 9 月 10 日，是星期一，是教师节，也是我写在日记本上的家庭纪念日。从这天开始，为了刚上高二的儿子，我们一家租住到清华附中隔壁。空置着家里宽敞的房子，一家三口，容身在不到 30 平方米的老旧房子里，开始"家庭高考"生活。

9 月 8 日，星期六，中午，我先生开完家长会回到家，我们一家三口到小区餐厅吃饭。从先生的分享中，我听出来，他对儿子又有了期待。此前，他似乎已经抱着一切顺其自然的态度。他的哲学，是个体独立，不强求任何人。儿子不愿意上课外补习班，高中数理化，我又无能为力，先生不愿意强求儿子学习，我也无法强求先生陪伴儿子。

开完家长会，也许是受到学校老师的鼓励，我先生感到"亡羊补牢，为时未晚"。

听他与儿子一边吃饭，一边说话，我放下筷子，给一个女孩发信息，问她是否有合适的房源。此前，暑假期间，我就打算租房子陪读。当时，我先生反对。他认为，任何事，当事人主动性不强，别人做什么，都没有用。我还是约了经纪人，去看了看儿子学校附近的房子，做了一些准备工作，以备不时之需。我对那个带我看过房子的女孩如实说明情况，还给她和另一位经纪人发了红包，表示需要的时候还会找她。

这时，女孩看到我又发信息给她，知道我的诚意，立即给我发来了房源信息。我说，我需要立即看房。女孩说，可以。我约了车，从饭桌边立即出发，只对先生和孩子说，让他们继续吃饭，我要去一趟清华。

我的需要，那个女孩已经充分了解。一见面，看了第一套房子，我们就签了合同。这个时候，我才打电话给先生，让他转账给我，交房租、押金和中介费。这是我与先生多年形成的模式：当我直觉发现一件事箭在弦上，为了避免消耗精力，我会闪电般行动，接着，等他"打雷下雨"。

前后不到两小时，我拿着出租屋的钥匙，回到家里。

我对儿子说："暑假期间，你说你同意在学校附近租房子，上学方便。现在，我已经和爸爸办好这件事了。刚才，我还申请了宽带，明天下午就可以安装好。明天晚上，我们就可以住在学校隔壁。后天早上，你就可以走路上学。白天，我和爸爸也可以在那儿开始工作。"

9号中午，我们一家，又坐在头一天同样的位置，在小区餐厅吃了午饭。然后，我们到出租屋。车的后排和后备厢里，放着我与先生的工作电脑、儿子的学习资料，以及生活必需品。

10号早上，儿子从容起床上学。晚上回家，他说，在教室可以连到家里的无线局域网。当孩子开始学习时，爸爸说，如果是以前，孩子这时还没有到家，还在路上转公交车。我们都觉得，租房子是一个明智的决定。至少，孩子每天多了两小时学习时间，没有路途消耗，精力也更好。

一日三餐，孩子都在学校食堂吃，我与先生则在教工食堂吃。日常生活变得十分单纯。

将近两周后，我们觉得，孩子的学习状态，还是不理想。

首先，我从自己身上找原因。只要与孩子在一起，我忍不住过细、过多关注孩子，随口说话，或者藏不住"评判"，或者藏不住"期待"。这些，对孩子，是无形的压力。我与先生性格差异太大，日常生活中，看得见的冲突，看不见的分歧，对孩子，是隐形压力。

怎么办？要改变自己，一夜之间，无法办到。"保持距离"，是马上能够尝试的办法。

商量之后，我离开租的房子，回家住。爸爸和儿子，可以有更简单的学习秩序。

出租屋太小，放不下洗衣机。接下来，将近两个月，我每周给他们送换洗的衣服时，与他们见一面。与家人分离，独自生活，我并不习惯，也只有忍耐。期中考试，孩子的成绩有了提升。爸爸几次表扬我租房的决定。

但我观察到，孩子精神有些紧张，很容易冒火。我想，大概是先生太能"盯人"，把孩子"盯"烦了。

孩子的学习成绩，在孩子爸爸眼里，是短期内最重要的培养指标。但，在我的眼里，孩子的精神、情绪状态，才是最重要的。我先生说我是"慈母败儿"。这也是爸爸不希望我陪读的原因。

学习成绩，当然重要。爸爸自然是对的。但是，没有理想状态，怎么办？那就追问更详细一些：考不上好大学，孩子就一定不幸福吗？考上好大学，孩子就一定能够幸福吗？我们追逼孩子，究竟是为了孩子的未来，还是因为自己过去攒下的问题？

我独自在家，正好更安静地追问自己。摆脱了照顾一家三口的琐事，一个人一日两餐或一餐，非常简单，每天在饮食上花费的时间，不到半小时。余下的时间，除了睡眠，就是读、写、听、思考、散步。除了偶尔的电话，几乎处于"止语"的状态。

这种近似"出家"的自省生活，过了将近两个月后，我心里，有些积年难以释怀的纠结，豁然开朗。我意识到，曾经，自己的情绪和言行状态，是家里的"雾霾"。如果，我治理自我，把"蓝天模式"给家人，很多东西，尤其是先生和儿子的精神状态，也许就会变化。

果然，家人是敏感的。渐渐地，儿子说，他感到家是稳定、安详的。周末，他很希望见到我。我们一见面，他就拉着我的手，对我说个不停。在我面前，他逐渐勇于表达，流畅地表达他真实的想法，不再担心我生气。我对他由衷的赞同也更多。我意识到，这，才是我们母子之间最需要的状态。

当然，以十几年做父母的经验，我知道，孩子的事情，自己的老问题，都没有那么容易能一了百了。我母亲常说"穷人你莫夸，三月还有桐子花"，意思是，到了春天，还有倒春寒。

孩子的生命，常有日新月异的变化。对于父母，不难遇到新的挑战。过去积累的教育后遗症，也需要抽丝剥茧去修正，俗话说"三年之病，必求七年之艾"。

有一天晚上，我梦见儿子，很孤独的样子。

恰好周末到了，他问我有什么安排。我问他作业情况如何。他说作业不多，他能在周六做完。我说，周日中午，一起出去吃饭，下午，去清华大学艺术博物馆看画展。他说好，又问我几点钟能到，似乎很迫切希望见到我。

我尽快到了他身边。吃完饭，他说，想回去午睡，不太想去看画展。

我说："那，推迟到下周吧。这个特展值得一看，就在家门口，错过可惜了。"

儿子说："我一再拖延，其实是对画展不感兴趣。"

我说："没关系，还有机会。也许，有一天你恋爱了，愿意和女孩子一起去看画展。或者，更远的将来，为了你的孩子，你也会走进博物馆。"

我先生说："儿子，你妈是担心你孤独，想给你安排一些有益的活动。"儿子说："谢谢妈妈。有点自由时间，宁愿和你聊天，或者看我特别感兴趣的书。放心吧，我的精神生活，很丰富。"

接着，儿子问我，"天崩地裂"这个词，怎么来的？古人看到了什么？又说"山无陵，天地和，乃敢与君绝"，表达的情感有多强烈？

我问他："你是不是……有喜欢的……人了？"

他说："没有，现在，我很喜欢自己。"

他这样说，我就释然了。不担心梦中儿子的孤独了。

到了下周，儿子上学去了。我和朋友，带着干粮，在清华的艺术博物馆待了一天，看西方五百年绘画特展，以及瓷器展、丝绸展、古家具展、摄影展等等。

其间，我想到，就在距离住处一公里的地方，儿子错过了这些东西。心里有些遗憾。后来，我又转念一想，"弱水三千，只取瓢饮"。人之一生，有时错过这个，有时拥有那个；拥有和错过，取和舍，大概都有定数。有时，顾此失彼，有时，拆东补西。艺术修养如此，学习成绩、名校通知书、功名利禄、吃喝玩乐、七情六欲等等，莫不如此。

我回想，在儿子的成长路上，曾经多次，我一厢情愿，为了给他各种"修养"，不得不磨损他的意志和自尊。这样的做法，与我母亲当年对我的"作为"，大同小异。

母亲，曾经为了我的未来，给我的创伤，让我在三十五岁的时候，伤害我的孩子，伤害我的伴侣。如今，我早已明白了母亲的难处。俗话说的"养儿方知父母恩"，也就是"养儿方知父母难"吧。父母的难处，不只是左右为难，而是前后左右里外上下，都难。

但，"理解生活""宽容过往"，只是做了一半不到的功课，这远远不够。还要有更大的心力，更踏实的努力，"自我强大"。强大到，不期望孩子为自己增光添彩；强大到，不能让孩子心服口服与自己同行时，就心甘情愿陪着孩子走孩子的路。

我和先生，一边试验各种方法，一边讨论，在孩子身上，我们用力的"度"，究竟如何把握？最后，我们自问自答。

自问1：即使不是鸡飞蛋打，两样落空，逼迫孩子取得成就的过程，损伤亲子关系，我们宁愿选择什么？

自答1：宁愿任其自然，稍加努力，适可而止。终究要的，还是孩子与家人、与周遭的关系健康。

自问2：如果不能两全其美，理想大学的录取通知书，要以孩子身心健康为代价，我们要追逼着孩子去求取吗？

自答2：宁愿放手。保护好他的求知欲，尽可能，协助他养成终身学习的习惯，有好的学习方法。未来，他可以根据生活、工作需要，随时完善自己。不哄骗、不强制，不损伤他的自我掌控感，保护他自由自信的感觉。尤其是，不损伤他对生命的兴致，对幸福的感觉。

母亲常说："又想马儿跑，又想马儿不吃草。这样的好事哪有那么多？"不能"两全其美"怎么办？那就"两害相权，取其轻"吧。

尽管这样想，"权衡"的过程，也是"烙饼"的过程，翻过去，翻过来。

距离孩子高考，只有一年时间。我对先生说：迎接高考的过程中，更要观察、了解孩子精神发展的需要，尽量尊重他，谨慎地引导他。高考结束，不管是哪一所大学的录取通知书，我都希望，在儿子拿到大学通知书时，我能够拿到，儿子发给我的"合格母亲"通知书。

黑塞说："对于每个人而言，真正的职责只有一个：找到自我，在那之中尽情生活。"对于即将成年的儿子，我想，为了成为"合格母亲"，我的必修课，是帮助孩子走上找寻自我的生命道路。

当然，我与孩子都要面对现实而活着。怎样活着呢，我想起南怀瑾先生说的话："人生的最高境界，是佛为心，道为骨，儒为表，大度看世界；技在手，能在身，思在脑，从容过生活。"

这些，一所名校，能给我们，也不能给我们。至少，说这话的南怀瑾先生，似乎并不是名校出身，他似乎说过自己没有什么"文凭"。

"屈之甚者信必烈，伏之久者飞必快。"物极必反，否极泰来，是祖先告诉我们的经验。"为了孩子好"的主观意识，不管有多强烈，对自己的人生经验，不管有多自信，我希望自己不在孩子面前"缘木求鱼"。可能，对父母言听计从，孩子的人生，有一些捷径可走；然而，孩子神往自己的风景。那风景，有时候，在另一条路上。

有时候，我就横下心来，想一想："父母是父母，孩子是孩子。"有时候，我就谦卑下来，想一想："既然能相信自己，凭什么不能相信孩子？"在孩子面前，就算是你生了他，养了他，也要"用意勿重""持身勿轻"。

想起，有一年冬天，母亲给我寄来棉背心，是街坊的缝纫机手工制作。南方的冬天，没有暖气，母亲感受到的寒冷，让她忘记了我是在北方的暖房里。过分厚实的棉背心，把轻盈的棉花，变得沉重，犹如过分厚实的亲情和期待。

我该如何"及时理解生活、及时自我强大、及时宽容过往"？"照花前后镜，花面交相映"。当我成为母亲，我和我的孩子，需要当下温暖，未来轻盈。

昨天的孩子，此刻的孩子，未来的孩子

"照花前后镜，花面交相映"。当我成为母亲，我和我的孩子，需要当下温暖，未来轻盈。我该如何"及时理解生活、及时自我强大、及时宽容过往"？

去年，一位小我十五岁的女友，正在养育一个三岁男孩。她不时问我一些关于母亲和孩子的问题。当时，我的儿子，正在读高一，我也有颇多问题，很想请教别的母亲。

本来，没有资格给她指指点点。但是，想到做母亲的人，在很多方面都是"同病相怜"，也就把自己的经验所得，坦诚地分享给她，提供给她一个角度。

下面，是我给她写的一封回信，分享我在孩子进入青春期后，回看自己做母亲的经历，反省孩子小时候，自己在精力分配方面的得失。

D,

你说："赵姐，我最近特别焦虑。我辞职了，面临两条路，一是去A单位，活轻松，工资低；二是去B公司，压力大，绩效奖金高。我的经济压力，要是不换房还行，想换房就比较大。赵姐，孩子会越大越要耗费母亲的精力和时间吗？考虑到孩子未来的成长情况，是不是去A单位更加从容点？"

该怎么回答你呢？并非有什么需要隐瞒，也不是无话可说，而是这个问题不能轻视，又不知我的经验教训是否对你贴切有用。所以，我给你留言说："我细想后认真回复你。"

这个问题在我心里，不知不觉挂了大半个月。我想，我最好是在"六一"儿童节到来之前回复你。

你说你看了《母亲的内涵》。在那篇文章里，我如实记录了某个早上的情形：争分夺秒，希望在孩子早上去学校之前，为他做些事情，包括喝一杯水，吃两个香油低温煎的土鸡蛋；然后，再让他到学校吃点别的早点；遗憾的是，很快，孩子谢绝了我的"付出"，他似乎不需要这些。你在我的日记式文字里，看到的"繁忙"早晨，已经时过境迁。

接着，我又想出一种方式，希望能够对孩子多一些帮助和影响。我每天下午去学校门口等他，然后用滴滴叫车。上了车，给他水或者水果，然后，给他耳机，让他听朱光潜的《美学书简》。勉强顺从一周之后，他说，他宁愿坐公共汽车自己回家，轿车太闷。我再次半途而废。

以前，当孩子小，我有做不完的事情，偶尔也会像你一样，与孩子大一些的母亲们交流，她们多半都会告诉我："珍惜现在的时间吧，以后，你的机会越来越少。"

现在，轮到我，也这样对你说这"千篇一律"的话。

亲爱的 D，你曾经做过我的小同事，了解我对工作的投入。那个时候，我的孩子，就像你的孩子现在这么大，正是需要我更多关注与呵护的时候。尽管，我也有意识关心孩子，甚至他有一次让我上班时间回家，我也回去过。但是，总体上，我的精力，还是大部分被工作占据，而且也很庆幸，家里当时有非常称职的保姆。

我那个时候与你现在的处境很相似。因为年轻，没有能力"看破"一些东西。工作、物质、自尊、荣誉这些东西，在一个正常的当代职业人眼里，是一只只大老虎，世界就是景阳冈，仿佛不打死这些大老虎，就过不去。而孩子，毕竟只是一只小猫，有时候忽略一些。

然而，时间一晃而过，才发现：景阳冈上的老虎都是纸老虎，自己生的那只小猫，才是真正的老虎。有时候，就十分后悔，没有在这只老虎更小的时候，完成更多"驯虎"的工作。现在，他大了，有些方面，父母再也无法"驯"他了。即使能够有所为，往往也是事倍功半。而一些不幸的父母，最终发现，养个孩子竟是"养虎为患"。

以我的经验，孩子越大，母亲还是越省心一些，只是，到了省心的时候，有些方面却有些不甘心。然而，不甘心也只有扪心自问，暗暗追悔在孩子更小的时候，投入的还是不够。

说到房子和家庭计划，我不太了解你规划背后更多的情况和想法。我就换一种方式提供一点意见，帮助你思考。

我知道，我曾经的每一步，在当时都只能那么走。决定我那样选择的，一是客观情况，二是主观思想。假如说，当时的一切客观情况都不变，比如我有房贷、有其他方面的各种负担、有实现自己某些潜能的愿望、有很多牵挂和忧虑，等等；我的思想认识方面，如果置换为现在的系统，能够更清楚地知道，哪些事情可以在任何时候开始，哪些事情则是"过时不候"，知道哪些事情打了折扣，也关系不大，哪些事情打了折扣，也许会终身遗憾，那么，我的选择就会有些调整。

第一，我依然会认真对待工作。但我会更认真地选择工作。我要选择一个尊重和理解母亲的工作，选择一个在作息、上班距离和管理制度方面，更适合履行母亲职责的工作。薪水高低一定是放在最后一位。房贷，固然是个很压迫人的东西，银行定期会扣款；然而，更不能忽略，作为父母（尤其是母亲），从孩子（尤其是幼小的孩子和特殊时期的孩子）那里不恰当"借走"的时间，有可能变成人生的"高利贷"。高利贷可以把人逼到跳楼，就是借款人最初模模糊糊不知道高利贷利滚利的厉害，或者是怀着侥幸心理饮鸩止渴。D，以你的聪明，你一定明白了，孩子越小，父母的作为空间越大，而且是事半功倍的。如果小时候的教育得法，孩子养成了好习惯，养成或者保全了主动上进的心性，那么，到了青春期，作为幸运的父母，就可以垂拱而治。

第二，选择工作，除了刚才说的，要有兼职思维，也就是要利于眼前履行母亲职责，利于养育孩子；还有一个思考维度，是要有更长远的眼光，也就是为孩子长大后，自己自我实现做好铺垫。女性与男性的不同在于，我们的身心构造，都决定了一般女性的一生中，重要的职能之一是做母亲。在孩子成年独立之前，女性都可以把自己看成"孕妇"，想到自己的特殊身份与孩子息息相关。等到孩子长大了，母亲才能彻底地重新做人。说是重新做人，最好还是不要"白手起家"，最好从前半生带来一点顺理成章的积累。也就是说，要思考这一生，作为一个人，希望有哪些方面的精神满足，如果能够与职业选择结合起来，这对女性是有益的。因为，养育孩子，已经占据我们大量生命时光和精力，女性尤其要尽早、随时统筹我们的人生和生活，包括生育限制、养育限制。综合统筹之后，如果能够找到一个工作，后半生可以持续或者顺势拓展过去，那么，薪水低一点没有关系。这样的工作，可以看作一只有成长空间的"原始股"，在未来，无论物质的还是精神的，都会有可观的收益。这样，也让我们，既能履行母亲职责，又不会让雇佣我们的老板"吃亏"，我们会珍惜职业信誉，会在工作时间全力以赴。因为，我们在积累未来，在问心无愧的贡献中，获取能力、能量和资源，这些都是不反映在工资单上的"隐形收入"。

第四章　母亲的愿力

207

第三，物质生活、房子大小，总是相对的。这个时候，"比上不足比下有余"这个思考杠杆，是要拿来用一用的。但是，亲子时光，是绝对的。多一分钟就多一分钟，少一个场景就少一个场景。为了未来，很多人曾丧失与父母更好相处的机会，直到他们逝去。逝去的亲人，再也看不见。孩子就在眼前，但"昨天的孩子"，也永远消失了，只有"此刻的孩子"。至于"未来的孩子"，不过是另一个"此刻的孩子"。如果"此刻的孩子"，总体都好，"昨天的母亲"才没有欠债；如果"未来的孩子"某方面十分欠缺，原因之一是，"现在的母亲"，在有机会的时候，没有让孩子感受到更好的爱，没有在孩子身上做好比较全面的功课。那种追悔莫及，母亲是能够想象的。房子，无论大小；车子，无论好坏；钱财，无论多少；事情，无论缓急。人们都不觉得这些东西不可捉摸。而孩子的未来，则是不可捉摸的。对于不可捉摸的东西，既要守住底线，又要追求可能。底线是什么呢？在我看来，是孩子的安全、健康，以及与父母之间好的关系。追求任何可能，都需要在这样的底线之上。这些底线的建设，在孩子小时候，最有可能实现得更有效率。

第四，无论做什么选择，除了工作，还要选择珍重情绪和身体。母亲的情绪和身体，对于孩子是无言之教，是环境氛围。这一点特别重要。孩子像一个电插座，要运行安全良好，要防水防潮。夫妻关系不好，家庭气氛不好，母亲情绪不好、身体不健康，都可能成为"水"，让孩子的电路受损。这对母亲是艰难的挑战。因为，母亲也是人，年轻母亲也可能是未成熟的人。如果丈夫又喜欢当孩子，妻子还要给丈夫"当妈"。那么，做母亲的人，要有女朋友这个支持系统。"同病相怜"的同盟中，如有热情、智慧的女友，是非常幸运的，是丈夫、母亲都不可替代的。

亲爱的D，最后说说我对性别"宿命"的认知，供你参考，希望有助于你做阶段性选择或长期抉择，一旦抉择，无论遇到什么变化的情况，能够多一些心平气和。

如果我说，但凡是一位女性，无论她是否生育孩子，从她自己成为女胎的那一刻起，从她出生的那一刻起，从她初潮来临的那一刻起……"孩子"就已经占据她的精力和时间，你是否同意呢？

这个话题展开太长。简要地说：只要一个胎儿的性别是女性，她就是一个潜在的母亲，她的生理发育和社会期待，就在左右她的一切，就在决定她的选择和被选择，比如祝贺她出生的礼物的颜色，以及她的玩具，她的日常才能的天然偏好和人为培养等。

人们常说，女性过于感性、过于情绪化、喜欢浪漫，做不到大丈夫那种"不以物喜，不以己悲"的超然淡定，一位母亲的不良情绪往往是一个家庭几辈人的灾难。然而，研究表明，女性的敏感、共情特点，正是大自然的安排，以利于对孩子的需要保持高度敏感，所谓"母子连心"背后的科学依据就在于此。如果她过于理性、有"钝感力"，她的"母性"就要打折扣。不说男性不理解，同事、朋友、亲人嫌弃，女性自己，往往也对自己的"情绪化""敏感""纠结"感到内疚。殊不知，这都是女性为"准备做母亲"付出的"先天"代价，无论她是否真的生育一个孩子，这些"母性"特征都会在女性身上伴随一生，尤其是绝经前的前半生。即使女性放弃生育孩子，这些方面"沉默"的"沉没成本"也是无法避免的。

无论处于何种社会、国别、阶级、阶层，至今，女性的最根本的"定性"，最底层的命运代码还是来自"性别"。有时候，女性与一头母牛的亲近感，也不一定远过和自己情人、父兄、儿子的关系。"母性"可以打破人兽之间的界限。

母亲的愿力

到目前为止，母性的身体，还是族类繁衍的直接工具。只要是母性，就意味着，自己是自己的，又不是自己的。或者说，母亲，总有一段时间没有自己，最终才能成为更圆满的自己。

这种分裂或者说撕裂，最直接的象征，就是怀孕和分娩的过程，体形变化、内分泌改变、产道破裂……这些都是其中的细节。男性很难同情，因为不能感同身受。有的男性甚至会说："千古以来，不都是这样吗？有什么值得大惊小怪的？有什么需要表功的？有什么需要同情的？"

人类在许多方面的进步或者改善，是把直接变为间接，获得一种距离，拥有安全、舒适或者美感。比如现在最热的人工智能，历代的各种工具发明。然而，生育，依然没有脱离女性的身体。代孕，也不过是转嫁孕育之苦到另外一位姐妹的身体中。就算愿打愿挨，打的人不轻松，挨打的人也吃痛。

"母性之根"对女性的"彻底"占据，是由来已久的"宿命"。

现代女性和当代女性的所谓解放，不过是人生的"企业化"，进而"集团化"。为了独立自主，为了人生体验的丰富，女性明显增加了自己有形和无形的劳累。这是一个企业家崛起的时代，而我们还要看到，每一位职业女性，早已是人生"企业家"；那些更加卓越的女性，早已把人生企业"集团化"。

在精力不济、顾此失彼的时候，女性往往牺牲爱情和亲情。这对以情爱为深度满足的女性来说，是莫大的损失和创伤。名利和事业成就，也许有所弥补，总账算下来，究竟如何，恐怕只有人生盖棺论定的时刻，自己才心知肚明。

在爱情和亲情之间，女性有时候被自己的"本性"所控制，如果不得不二选一有所侧重，有人牺牲爱情，有人牺牲孩子。无论如何，不能两全其美，对女性都是遗憾的。一段爱情被牺牲，女性生命的一部分已经被牺牲；一个孩子被牺牲，女性生命的一部分已经被牺牲。她所获得的其他方面的任何一部分，都要用来中和这一部分牺牲造成的损失。

在挑战婚姻的"婚外情"面前，同样是当事人，女性的代价，至今远远大过男性。这是不用举例细说的，社会的、道德的、生理的、心理的诸方面因素，对女性的束缚依然是"理所当然"的。

人类的很多进步，包括改善女性状况的进步，同时也在以女性自身为代价。比如避孕措施的发现、堕胎自由、接生技术进步、冷冻卵子等，看似都是女性的"福利"，但，在这些"改善"面前，在这些"选择自由"面前，女性依然要付出这样那样的身心代价，或者是一部分女性为另一部分女性付出代价。这个议题，一言难尽，值得女性去进一步思索、检视。

在一些困难、灾难和意外面前，"母性之根"对女性的束缚和占据，也是强大的。

在《穷人的银行家》这本书中，小额贷款会选择穷困的母亲，因为她们会把钱用于为孩子谋取未来，不会用于自己的享乐；如果是一位穷困的父亲，拿到钱之后，可能并不顾及孩子，而是先满足自己的嗜好，比如拿钱去买醉或赌博。

荷兰一位女性编剧的著名戏剧《毒》，"讲述的是一对夫妇遭遇的严重危机。离婚六年后丈夫与妻子第一次见面，二人在埋葬他们唯一孩子的地方再次相遇。出走后的他（即男人）移居别处，并在那里开始了自己的新生活，而她（即妻子）则留在了原来的房子里，不堪忍受任何关于新生活的念头……"这就是我所说的"母性之根"，她，即使不与孩子同归于尽，也"不堪忍受任何关于新生活的念头"，以保持"母子同在"。

一位女友，不幸其孩子残疾。她的先生最初与她一起面对那种暗无天日的困境，几年后，不堪忍受，最终下决心离弃母子，与新的年轻女子组成新的家庭，有了新的健康的孩子。而我那位女友，自己疾病缠身，却一直独身，坚忍地陪伴着孩子。

当然，现实生活中，也有一些了不起的，与孩子同在的父亲。女性无须对男性怀着偏见，而是同情地理解，就像男性无须对女性怀着偏见，而是同情地理解一样。（只因为此刻着重讨论"母性之根"，不得不放弃面面俱到的周全，请看到此文的男性见谅。又或者说，人，无论男人、女人都是不容易的。作为男性，想必，也看得见女性更不容易的一面。我们身为女性和母亲，与女性群体亲密，对女性的艰辛，更有切身感知。）

D，我所经受过的"顾此失彼"的煎熬，你大概也不难遇到。这几乎是母亲共同的命运。如果你尽早"认了"，在"逆来顺受"中省下力气，反倒更容易平静地坚忍地渡过难关。愿你就在眼前享受更多一心一意陪伴孩子成长的喜悦，享有一个更加顺利的未来。

六一节快乐。

给朋友写完信，我想，有些劝慰她的话，也是在继续激励我自己。对于做母亲这件事，我理解得越来越具体，对我自己的母亲和周围的母亲们，我也就理解得越来越具体。

我该如何"及时理解生活、及时自我强大、及时宽容过往"？"照花前后镜，花面交相映"。当我成为母亲，我和我的孩子，需要当下温暖，未来轻盈。

母亲的"高考"

"照花前后镜，花面交相映"。当我成为母亲，我和我的孩子，需要当下温暖，未来轻盈。我该如何"及时理解生活、及时自我强大、及时宽容过往"？

很多父母，"独生子女证"在手，十几年之后，二胎政策开放。

看到身边比自己小十几岁的女友们，纷纷考虑要不要生二胎，心生羡慕。尽管，若再次回到三十岁前，我也不一定会选择生二胎，依然心生羡慕。这是为什么呢？

辨析自己内心，觉察到，自己羡慕的不是二胎，而是一个人在不可逆转的状况到来之前，还有选择的余地。

有些母亲，已经绝经，或者月经不稳定。为了生二胎，就要先吃药，调整身体激素。还要配合一系列额外付出。不知不觉、轻轻松松，就能生一个健康孩子的最好岁月，已经不再了。少数女性，在高龄依然有健旺的生育能力，但想到，孩子不满十八岁，母亲却在六十岁至七十岁之间，也是需要勇气的。

我转而庆幸，我的孩子，现在还不满十八岁，我也有一个选择余地，就是，在他成年之前，争取通过有效的调整，把自己由"实验母亲"变成"合格母亲"。

作为第一个孩子的母亲，从头到尾都是"毫无经验"的"实验母亲"。十几年做父母，孩子带给我们的乐趣和希望，是如此真实。其中的艰辛、曲折、无奈，也是如此真实。想必，这也是大多数父母的共鸣吧。

一位母亲，没有余力再生一个孩子，与发现一个并不限购的理想楼盘，却意识到自己正住着的房子，还有一大笔贷款要还，不是同一回事，又有相似之处。一笔本息合并的"房贷"，就是"实验父母"阶段因不当言行、不良状态，留在孩子生命里的"债务"。

包括怀孕阶段在内，"实验母亲"阶段接近十八年时，孩子也快满十七岁，进入高二阶段。这个时候，协助孩子进入高考状态，成为一般家庭的中心事件。在孩子十八岁成年，上大学，与父母有一次大分离之前，尽量消除过去教育的负面，在我的意识里，成了紧迫的大事。

尽管，不时受到朋友的称赞，说我把孩子教育得很好。在这种客气、偏爱的言论面前，自己是心知肚明的。孩子进入青春期后，我就觉察到：亲子关系这扇门，有时候不好开合；亲子关系这把钥匙，有锈迹。我希望，在把门锁和门弄坏之前尽快修理好钥匙，心里有些紧迫感。

这种紧迫感，甚至把孩子的学习成绩挤到了第二位。这种紧迫感，不亚于担心——如果不能按时还款，失去信用，银行会收走自己的房产，还留下信用污点，影响未来。

再深想，果真不能按时还款，实在迫于无奈，也有人愿赌服输，大不了不要房子，损失一些钱财。损失的钱财，可以慢慢积攒。在亲情与后代方面，错过培育亲子关系的良机，要父母孩子任何一方"愿赌服输"，不知要承受多漫长的内心苦楚。

以我自己的偏见，无论是人的生理、心理事实，还是历史文化的惯性，即使在所谓"男女平等"的今天，作为母亲的女性，还是影响家庭综合状态的主要因素。诗人的名句"永恒的女性，引领我们向前"，也可以移用为"永恒的母亲，引领家庭向前"。

感到要改善孩子的状态，似乎首要责任在我。我是"母亲"，我愿意改善自身各方面的状态，包括健康、脾气、日常生活方式、精力分配等方面的状态。

当下，孩子的主要目标，是近在眼前的高考。我的主要目标，则是尽量成为"合格母亲"。我也需要面对"母亲高考"的目标。

这个时候，假如有一场理想爱情摆在我面前，也要克制又克制，割舍又割舍，以临事庄肃的态度，心甘情愿围绕"母亲高考"这个目标，安排自己的每一天。不管自己资质如何，不管"母亲高考"后，是否能够成为"合格母亲"，甚至"理想母亲"，也只能这样去安排。这是人生某个阶段的"华山一条路"。

自己设定的目标，一旦摆在面前，心理上，先是望而生畏的。这个时候，就像使用"分期法"，把自己投入"时间监狱"，然后，像"一笔一画"写字那样，慢慢度过每一天。

我们的生命历程一直如此。特定的时间，完成特定的阶段性任务。像竹子那样，"有节"地生长，就成为"竹子"。

从小学到大学，生活处于单纯状态，以几年为期，拔节成长，有统一的"形式化"氛围。一旦大学毕业，投入社会洪流中，选择自由和头绪纷杂，为"有节"生长增加了难度。

想起当年高考失败，大学毕业后对自己的处境不满意，我不得不一边工作一边考研。很羡慕同事们每天下班之后，想看电视就看电视，想打牌就打牌，想聊天就聊天……尽管，在学习中，我也得到很多快乐，但当时并不是为了快乐而学习。

为了一个无法保证实现的目标，每天超过 8 个小时"坐监狱"式的学习，持续好几年，是说得上痛苦的。最大的动力，就是想到，这是在"以短痛治长痛""以苦治苦""以小博大"。幸运的是，最后，得到了理想的结果。摆脱了不如意的处境之后才发现，所得到的，远远超过所期望的。

青年时代，经过某些"极致"的努力之后，不仅给人生一个现实的果实，同时还给未来留下自信的种子，在以后的生命阶段，继续撒播。

当我伴随儿子高考，开始自己的"母亲高考"时，我的体能已经衰败，内心更加脆弱，从外界获取力量的渠道很少，能够提取信心的地方，就是自己年轻时曾经"做到过"的事情。

一旦回想自己生命历程中的得失，父母更觉得，陪伴孩子，在其青年时代早期，好好完成一次"高考"，并非只是为了一所理想大学，也是为了他们的整个人生。

父母亲，在不惑之年，以各种忍耐的付出，既是为了孩子，也是为了自己。这个"为了自己"，不仅仅是从孩子身上直接获得什么，而是继续提升自己的生命品质，以中年的成果，为自己的老年，留下新的自信的种子。

在我还是一个"三岁母亲"时，我曾痴迷于下面这样的言语："人们认为英国前首相撒切尔夫人是典型的女强人，甚至命名所谓女强人问题为'撒切尔综合征'。然而，这个最强的女人在她能够生育的年月做了母亲，七十八岁高龄时，她早已失去了权势、明显老态龙钟，一生中被她称为像岩石一样坚固牢靠的丈夫也去世了，在她老泪纵横的时候，令人感到温暖的是陪伴在她身边的一双儿女和孙子迈克尔。……一切大权都有旁落的时候，唯独母亲与孩子之间的爱是女人终身永不旁落的最大权势，也是最能带给女人深刻满足的情爱的权势。"

当我是一个"十八岁母亲"时，经过自己和孩子十多年的成长，尤其是孩子青春期带给我的冲击，关于母子亲情的某些表层的东西，便脱落了一些。尤其认识到，缺少亲密和喜欢的亲情，有时候能尴尬到令人难堪，最糟糕的是，还无法摆脱。

爱情可以消失，婚姻可以解体，友情可以淡化，而亲情，如果不够好，就是无法摆脱的难堪。当事人从没有单方面可以摆脱的，要么两全其美，要么两败俱伤。

孩子高考，对于一般中国家庭，是烙印最深的一段时光，有着多方面的艰难。本来是父母与孩子关系第一阶段的"最后时光"，彼此需要很多机会给未来留下美好基础和回忆，但，高考这一严酷的目标，对于修正和巩固亲子关系的"最后机会"，又不断挤压甚至毁坏。还不止亲子关系。每年高考后的离婚潮，牵涉到的是整个家庭关系。

除了原本不正常的家庭，为了孩子的高考，表面正常地运转着；还有一些原本正常的家庭，因为孩子高考，而进入不正常的家庭生活状态。比如父母一方租房陪读，家人分离生活，有人忍耐独居的痛苦，甚至出轨、生病等等。作为中年人，有些已经有了安逸舒适的居家环境，为了陪读，不得不租住在物质条件很差的房子里，过着对付的日子。

为了获取更好的教育资源，为了孩子免于奔波，我与先生，最终也加入了陪读家长队伍，成为"高考家长"。这个时候，先生与我分工不同。他陪着孩子学习、复习。我则以孩子需要的方式，随时调整与孩子之间的物理距离和心理距离，陪伴孩子的心灵成长，关注和呼应他的心灵成长，滋养他的内在生命动力。

这两者之间，常常又会因为孩子的时间、精力、习惯、兴趣而产生冲突。就不得不在两者之间，不断妥协、调整。

在此过程中，有意打破原有的、不够理想的家庭生活的"惯性场"，修补和刷新亲子关系，目标是希望：当孩子高中毕业进入大学，当父母对孩子的影响越来越鞭长莫及的时候，亲子关系处于基础良好的状态。有了这个前提，对于不尽如人意的方面，有希望亡羊补牢；对于值得期待的方面，有希望再接再厉。

先生说："我们的儿子，在心智方面好像要比同龄人晚两岁。他本该前两年进入青春期，结果现在才开始。"

我说："幸好如此。就像小时候，他体重很轻，让我多抱了他两年。现在，他晚一点进入叛逆期，实际上，多给了我两年准备时间。这两年准备，对我很关键，让我终于有了更简单、安静的生活状态，有了更健康的身心状态，能以更豁达和耐心的状态陪伴他，度过这一段激越的身心发展时期。又或者说，我们在等待孩子成长，孩子也在等待我们成熟，以便一起往前走时，稍微容易一些。"

先生说："要是我们能像有些父母，更早一些成熟，该多好啊。做父母的，想对孩子有所作为，就像在北京买房一样，总恨自己下手太晚。不过，后面就真的没有机会了吗？就算是要'母亲高考'，你也不必太紧张。哀兵必胜，但过犹不及啊！"

我该如何"及时理解生活、及时自我强大、及时宽容过往"？"照花前后镜，花面交相映"。当我成为母亲，我和我的孩子，需要当下温暖，未来轻盈。

从"实验母亲"到"合格母亲"

"照花前后镜，花面交相映"。当我成为母亲，我和我的孩子，需要当下温暖，未来轻盈。我该如何"及时理解生活、及时自我强大、及时宽容过往"？

"做了母亲，无疑自己更有活力和效率了，但就是精力不够用，你得拼命干，然后，扔下一切，回到家里，做一个奶妈。"好莱坞一位著名女星如是说。

相信很多当代母亲，对这段话，都有共鸣。我也一样。

刚做母亲的时候，我以为，人生事务，就是"计件"工作，只要你眼疾手快，只要你勤奋加班，只要你八面出击，只要你自我牺牲，只要你有"活力和效率"，很多事情就能搞定。

做了十八年母亲后，越来越明白，做母亲，远不只是时间、精力的冲突。不仅需要勇气与奉献精神，更需要慈悲与智慧结合的善巧、愿力。

十八年来，我都是无知无畏的"实验母亲"。孩子成年在即，我才不得不抓住最后机会"补考"，希望成为一个"合格母亲"。

也是在这个时候，在青春期孩子面前，我遇到更多挑战，我再次追问"母亲的内涵"。

汶川地震十周年那天，母亲从老家给我打来电话，祝我生日快乐，提醒我休息一天，用什么方式庆祝一下。母亲记得的是我的阴历生日，她年年提醒，总会让我每年在不同的阳历日，多过一个生日。

当时，我不由自主一闪念：如果十年前那天，我遭遇了那场地震，我不在了，能一直牢记我的，恐怕多半是母亲。她的悲伤，不只会变成眼泪，还会化成羊水，在她的精神世界，形成一个新的子宫，常年孕育我，一次次重新把我分娩出来。母亲会变成一台全息播放机，重现我昔日的一切。当爱人和孩子都可能忘掉我的时候，母亲对我的牢记，会一如既往。

就在那一刻，我问自己：母亲是什么？

立刻有一个简单的答案：母亲是最爱孩子的那个人，胜过一切人。

当时我的内心，对母亲还有不满，对于她过去给我的创伤，还未能完全消化掉。但是，母亲的爱，随时都可以证明。我的母亲，显然，也不是一个"理想母亲"。在某些方面，按照现在的标准，她甚至是不合格的。但，在她的年代，她是一位"合格母亲"。

"母亲是什么"这个问题里，有模糊的悲欣，来自于日常生活的具体事务，比如：如何劝说孩子吃木耳，如何让他的青春痘消散，如何让他挺胸抬头，如何让他在厕所的时间少一点，如何让他少看手机，如何让他提高学习成绩，如何帮助他习惯与人交往……

5月12日，也是国际护士节。我想，可否说：母亲是护士？

有的护士，像母亲一样有"爱心、耐心、细心、责任心"，比如南丁格尔护士。5月12日，是南丁格尔的生日，国际护士节，就是为了纪念她。是她创立了护士职业，开创了护理学和现代护理教育。在战地医院，她把伤员的死亡率，从百分之五十降低到百分之二点二。她被士兵们称为"提灯女神"。

像护士般操劳，只是母性基本功。南丁格尔身上的"母性"，是毋庸置疑的。她因操劳过度，八十一岁时双目失明。她九十岁逝世。为了纪念她，有了国际护士节。

南丁格尔与其母亲，关系并不理想。据说，她曾经与母亲在旅馆同住，这令她备受煎熬。那种煎熬，与受伤士兵的伤口，都不是生命中的美好事物，是她要克服的困难和痛苦。

接着，5月13日，是母亲节。

在朋友圈，读到不少关于母亲的诗歌、故事，以及向母亲们表达的祝福。另外，也有些人的表达里，有更加复杂的情感，包括愤恨。

愤恨所表达的，是爱的另一副面孔，反倒不可怕，因为还有希望转化。

反而，没有表达的，有些是含蓄的爱，有些则是冷漠、无视、不屑一提和难言之隐。这些情绪，还没有找到消化的出路。

又看到社会新闻，女大学生在旅馆里生下孩子，掐死孩子。这样的新闻以前也有，年轻女子生下孩子，扔到垃圾桶里。国外还有故事，母亲把年幼的女儿卖为性奴。在一本书里，酗酒的母亲，可以拿孩子去换一瓶酒喝。在雨果的《悲惨世界》里，那位母亲为了养活孩子，先卖了自己的头发，又卖了自己的牙齿。

在拉斐尔的《西斯廷圣母》中，儿子要为人类受难，圣母端庄的青春面容，蕴藏着"慈爱、尊严、忍受、牺牲、痛苦"。

米开朗基罗曾说："圣母是人类的母亲。她的面容不应受到岁月的消磨而衰老，应永葆青春。"18 世纪的画家埃波罗笔下，圣母是满脸褶皱的老人。

葡萄牙诗人佩索阿说，想到自己从母亲的阴道出生，感到可鄙。美国总统林肯说，他的一切荣耀都归功于他的母亲。

美国妇女安娜·贾薇丝，因怀念去世的母亲，推动了母亲节的设立。1913 年 5 月 10 日，美国参众两院通过决议案，由威尔逊总统签署公告，决定每年 5 月的第二个星期日为母亲节。

5 月，令人联想到罗马神话中掌管春天和生命的女神玛雅。罗马人用她的拉丁文名字 Maius 命名 5 月，英文 5 月的 May，便由其名字演变而来。

古罗马时代，在众神之母神庙，人们举行"喜悦的庆典"，是在 3 月中旬。

在中世纪欧洲，Mothering Sunday 即拜望双亲日，也是在春天。歌谣说"省亲星期日那一天，孩子们首先应跟母亲一起用餐"。那些住在富人家帮佣的年轻人，从雇主家里回到母亲身边，与母亲同吃 Mothering Cake，一种特别的重油的母亲糕饼。

我们中国人，重视母教和孝道。有人提议，把孟母生孟子的日子，农历四月初二，定为中国的母亲节。有些年份，这个日子，也与美国母亲节重合。

按照龙应台女士的话说，这些都不重要。在《母亲节，没什么》一文中，她写道："母亲节，没什么，不过是一个日子，拿来提醒自己，人生里有些事、有些时光，不可错过而已。"

龙应台经历丧父之哀后，又遭遇母亲的老年痴呆。她对母亲说的话，让我颇为触动，她说："我后悔，为什么在你认得我的那么长的岁月里，没有知觉到——我可以，我应该，把你当一个女朋友看待？"

当我被触动，希望自己"知行合一"，去改善自己与母亲的关系时，同样感到迫切的是，如何去建设自己与儿子之间更理想的亲子关系。

我的老友雅玄，是一位成功母亲。她的女儿已经成年，学业、事业、感情、社交各方面都令周围人赞许，女儿与父母、家人的关系也十分健康。这位母亲，感到如愿以偿，也为女儿自豪。

女儿十四岁时，雅玄给她写过一封信：

小妹：

请允许妈妈，偶尔对你，用这个新的称呼。面对十四岁的你，我将努力做你的朋友，而不是单纯的家长。

这两天，我夜不能眠时，眼前总是你孤单的身影。睡梦中，也总是我中学时代迷茫、孤寂时的画面。那时候，心中的天地，真是太小了，一个中学，几乎就把我包围了。老师的一次训导，同学的一句猜疑，就会让我难过好久。

回想起来，天地如此之大，我却在那么狭小的空间里，戴着镣铐跳舞。当时，身为班长和文体骨干的我，参加了学校的很多活动，学习逐渐下滑，又不知怎样调整。每次考完，都不尽如人意，那是何等苦闷彷徨。这种切身的体会，现在回想起来，都不轻快。

现在看来，当时感觉比天大的心愁，是何等的细小。那只是人生驿站中的一句话，一个标点符号而已。

当然，从另一方面看，人的一生，就像一篇长长的文章，是华丽？是晦涩？是厚重？是清浅？全凭自己用身心写出。漫漫人生，一字、一句、一个标点，等待着我们去书写。

步入中年的我们，和你们一样，也要面临压力，还要学会调整。唯一不同的是，四十不惑的我们，比你们多了些人生经历，明确了人生定位。

我们要知道：什么最重要；什么是表象的不必在意；什么是必须面对的，要欣然接受的；什么是暂时的，可以改变……

庆幸的是，直到今天，我都没有放弃努力和思考。很多人是走出了大学校门，走进了社会才真正迷茫，而我，早在中学阶段，就开始追问：什么才是真正的幸福？什么样的生活才是我想要的？

我努力让自己，看得远一点、深一点。尤其是有了你以后，我几乎就不再彷徨了。感谢你，让我懂得了，生命的意义和人存在的价值。

宝贝，看见你满眼的迷茫，我心痛不已，但也不特别意外。

所有对未来有追求的孩子，都会有值得回想的心路历程。在迷茫和挫折中，才会有思考；在思考中，才会有思想；有思想，才会有智慧；有智慧，才能把握正确的前进方向。如果再加上切实有效的努力，心目中的理想彼岸，迟早是能达到的。

如果一时不能如意，不急不慌，调整好心情。建议你，不用太在意老师过严的要求，也不用对他们的一些做法太过反感。学会包容理解，也是智者的又一课题。

老师们太过在意短期的成就，而我们自己，将面临长长的一生。老师同学，还有很多人，都会是我们人生驿站中的同行者。要心存感谢。大家有缘同行，很多年过去，一切都会在你的回忆中。

宝贝，说实话，10 名、100 名、500 名，都不是太重要，但又不得不重视。作为一个短期的参考数据罢了，随时都会是新的起点。不要被一时的成就迷惑，也不要因暂时的挫折气馁。在这里，跟你说这些，也是想和你共勉。我们也要努力修炼，提升自己，争取和你一起进步。你在妈妈爸爸心目中，永远是最棒的。感谢你，这些年，给了我们那么多的惊喜和快乐。我们为你而骄傲。

你的快乐，才是我们最大的幸福。期望我们，

能与你共同分担，一起分享，共同成长。深深地
祝福你，幸福快乐永远。

　　　　　　　　　　　　妈妈，2010 年 12 月 13 日

　　这是八年前的文字。她信中所言，美好的一面，已经变成她女
儿的实践成果。

　　也许，还有更多的母亲，如同母亲雅玄，以恋爱时写情书的热情，
以约会时梳妆打扮的热情，把做母亲这件事，做得如此性感、浪漫，
静水流深。在那些教育成功的孩子背后，正隐藏着这样的母亲。

　　身边不少女友的孩子，都是教育成功的子女，这些做母亲的，
也十分满足自豪。我有幸分享她们的喜悦和经验。不知是否巧合，
这几位职业各不相同的母亲，都曾在一些特殊节点，给孩子写过书
信。这样的行为，似乎反映了她们对于陪伴孩子成长，有虔诚之心。

　　这，也是一种教育浪漫。好的恋情，离不开"情书"和玫瑰花；
好的婚姻，离不开金钱和甜言蜜语；好的家庭教育，也离不开母亲
的好饭菜与"家书"？这样的家书，不就是现代的"慈母手中线"
吗？教育成功的孩子，就是"寸草心""报得三春晖"。

　　当然，除了这些"善巧"的书信，还有更多的耐心、细心、责
任心和爱心，汇聚成"母亲的愿力"，体现在母亲的日常修行中。

　　这些母亲，曾经作为母亲的孩子，不少人，也是从带伤的母女
关系中长大。

作为母亲，面对孩子的未来，她们都有舍我其谁的态度：害怕什么，我就去克服；有什么如鲠在喉，我就去清除；需要忍受，我就去忍受；需要牺牲，我就去牺牲；需要创造，我就去创造；需要补天，我就去补天；有什么经验教训和忠告，有助于减少未来的追悔莫及，我就去寻求；有足够的奉献，但不令孩子内疚；贯彻自我意志，并不与孩子对立……

作为女儿，面对母亲的过去，她们千方百计说服自己理解，宽容；对有些东西，该忽略的就忽略，该接受的就接受。

她们，正是以这样的方式，承前启后，从"实验母亲"变成了"合格母亲"。上一代母亲的"毒素"，已经被她们分解、处置，不再作为"传家宝"传给下一代。在孩子面前，她们脱颖而出。

我该如何"及时理解生活、及时自我强大、及时宽容过往"？"照花前后镜，花面交相映"。当我成为母亲，我和我的孩子，需要当下温暖，未来轻盈。

后 记

玫瑰刺绕枝——破除"母爱神话"

母亲节的前一天，闲谈中，儿子说："一千个人，有一千个人的哈姆雷特。但，哈姆雷特，毕竟是哈姆雷特，不是哈利·波特。"

母亲节当天一早，我在朋友圈里，看朋友们发的各种文字、图片、音乐，关于母亲的。自然，我一次次想到自己的母亲，想到自己身为母亲，想到："一千个人，有一千个人的母亲。但，母亲，毕竟是母亲，不是其他任何人。"

母女关系问卷

《母女关系问卷》，来自一位心理咨询师，共有八个问题，其中一份答案如下：

1. 你满意和母亲的关系吗？如果从 0 ~ 10 分打分，0 分表示非常不满意，10 分表示非常满意，你打几分？

答：7 分。

2. 你小时候和妈妈一起生活吗？

答：12 岁之前，一直在母亲身边。偶尔去父亲单位玩耍。

3. 如果你和妈妈有分离，什么时候？多久？

答：读初中开始住校，常能与母亲见面。读高中到大学开始，分离一学期，寒暑假在一起。自己成家后，与母亲一年、偶尔半年或两三年见一面。

4. 你认为是什么原因，造成你与母亲关系的困扰？

答：母亲有一些原生家庭创伤，她的安全感不足、好强、脾气不好、悲观，以及生活的艰辛，是造成我与母亲关系困扰的主要方面。我自己幼小、不成熟，无法阻止和化解母亲的负面，没能形成更好的博弈效果。

5. 你与妈妈在什么时候，发生什么事情，让你烦恼？

答：童年时代的打骂、监视、严苛管教、繁重不堪的家务；母亲个性的诸多方面令我紧张，不自在，不舒适，感到无家可归。

6. 请简要描述一下你心里想到母亲时的感受。

答：以前是欣赏与感恩、同情、怨愤等矛盾混杂的感受。现在是感恩、同情、理解、接纳、欣赏。

母亲的愿力

7. 如果要改善与母亲的关系，你需要做哪些方面的改善？

答：要求别人，万事都没有把握。改善母女关系的途径，在于改善自我。自我发现、自我实现，逐渐完善总体人生境界，从命运的角度，去慈悲地理解、接纳母亲的一切。为母亲付出，除了物质付出，还有精神、情感方面的关切、妥协。

8. 和妈妈关系的困扰，除了以上问题，你还有什么其他问题？请简要描述。

答：童年母女关系造成的亲密感缺失，有点像发育期过后的身高，停止了生长。即使与母亲已经和解，但有些东西，已成定局。对于这一点，不打算再强求什么。也表示接纳。如果能够继续改善，再好不过。

普鲁斯特问卷中的母子

一位大众眼中的成功者，在接受访谈时，回答了著名的普鲁斯特问卷。其中有几个回答，他都提到母亲。

问：你最喜欢的旅行是哪一次？

答：最后一次，从北京带我妈回老家。第一次癌症手术后，她身体刚恢复，回了一趟老家，还去外婆家待了好几天。然后去爬山，见了许多亲戚朋友。谁也想不到，病会复发，手术成功半年后，母亲去世了。

问：你最伤痛的事是什么？

答：我妈逝去。

问：何时何地让你感觉到最快乐？

答：在老家吃我妈做的鱼，和我爸我弟喝啤酒。只有一个菜就是鱼。我妈会放好多调料。口味我最喜欢。

问：如果你能选择的话，你希望让什么重现？

答：如果能够选择，能让我妈把身体恢复过来，至今健在就好了。这比什么都重要。

当你想到母亲，你会想起什么？

对于母亲，人们总有可说的。就算"一片空白"，没有见过自己母亲的人，也不是无话可说。"当你想到母亲，你会想起什么？"这个问卷后面，各种各样回答，整理归类后，出现的是"母亲ABC"。

A类，美好母亲：乳汁、饭菜、糖果、摇篮、棉衣、丝绸、屋檐、火盆、烛光、雨伞、大地、春晖、天使……

B类，不美好母亲：瓦砾、稻草人、棍棒、污水、玻璃渣、妖怪、恶魔……

C类，真实母亲：美好母亲与不美好母亲的混合，身心承载着历史与现实重负的母亲，是儿女极力去理解、去报答的母亲，是五味杂陈，可怜、可恶、可敬、可悲、可叹的母亲。

有一天，有人问我："当你想起母亲，最先想起什么？"我的答案是C。

接着，被要求讲几个与母亲有关的故事，我按顺序，讲了当时脑子里浮现的几个画面。

第一个画面：我生病了，得了腮腺炎，母亲对我不耐烦。那是初中阶段。我躺在父亲单位那个家里，有白色蚊帐的小床上，左脸肿得很高，脖子也肿得与下巴平起来，很痛苦，吃饭喝水都感到困难。母亲从农村那个家里到了父亲单位。她照顾我吃了两顿饭之后，第三顿饭时突然发火，把饭碗和药碗，气哼哼地甩给我，骂骂咧咧走开了。

第二个画面：我做错了事，弄丢了东西，母亲打我。那是小学阶段。我把别人送父亲的一支金笔拿到学校里去，放学路上弄丢了。第二天早上我还是告诉了母亲。母亲看我在可能弄丢笔的田坡上找了半天找不到，就挥起手中早已准备好的棍子打我。不知她打了多久，那一坡茂盛的齐我身高的五颜六色的豌豆花，被我在母亲棍子下扭曲闪躲的恐惧的身体碾压之后，变成了绿色的泥浆。就在那绿色的泥浆里，那支金色的钢笔显现出来，打骂终于停止。

第三个画面：母亲给我花。母亲种兰花给自己、摘栀子花给我。这样的情景，在雪坡农村、在瓦全镇反复出现。母亲一辈子都在种兰花，她的兰花总是很好。她知道我喜欢栀子花，不知有多少次，她把那幽香的花朵递给我，洁白的花瓣被墨绿的枝叶簇拥着。

一般人一生中最长久、最深刻的关系，莫过于母子关系。一旦回忆的闸门打开，无数画面，在脑子里奔涌。

第四个画面：照顾小孩。母亲认为，照看弟弟是我的责任，就算我只是一个小孩。只因为我是"姐姐"，天经地义。弟弟们做错了事情，我跟着罚跪、挨打。读小学前、小学阶段，那是常有的事。"不做事"只是一个错，做太多事就有太多机会出错。"任劳任怨"

大概就是这个意思吧。

第五个画面：照顾老人。某件事做得不到位，祖母稍有抱怨，母亲就责备我。对祖母照顾不周，母亲不允许。几岁开始，我就照顾祖母的衣食起居，陪睡在她病床边。母亲说"你祖母重男轻女，最嫌弃你，偏爱她那些孙子，到她病在床上，还是她最嫌弃的人照顾她"。

第六个画面：我正在洗澡，满身肥皂泡，母亲要我几秒钟穿戴整齐，与她一起上山干活。与母亲在一起，如果不能"雷厉风行"地配合她"雷厉风行"的意志，炸雷就会炸在头顶。在母亲身边的日子，就像战争岁月躲轰炸，要么没命地跟着"警报"跑，要么吃炸弹。小便一半，也要停下来，立即响应她的指令。那指令，无非就是和她一起做家务或农活，并不是十万火急的事情，只因为她的"意志"不可冒犯。

第七个画面：我正被抽打，在母亲房间里，皮带或鞋子在飞舞；这个时候，有邻居在院子里叫母亲（大概是有什么别的事情），母亲会要求我，立即整顿衣裳，擦干眼泪，带着笑容，开门，出去迎接客人。

第八个画面：我五岁左右，凌晨三四点，与母亲一起收拾红薯片。母亲切片，我装背篓，然后一起背到晒场去。我太困，打瞌睡摔倒在地上。别人家的红薯，辛辛苦苦种出来，会发霉烂掉，因为抢不到太阳。母亲的红薯，从来不会坏掉。以此类推，天时、地利，她都能出色地把握，生活对于她，是枕戈待旦的战斗。她总是打胜仗，这胜仗的代价，是全家人（包括她自己）的精神创伤。

第九个画面：母亲因为饥饿晕倒在地。那时，我很小。母亲产后虚弱，又要给弟弟哺乳，但是，家里的食物，她要优先满足祖母、孩子、父亲。有一天，母亲再也撑不住。

虎背上的母亲

当我一次一次，从不同的角度去理解、消化我在母女关系中的创伤，我对母亲和我自己的责任，有了新的看法。是的，作为当事双方，母亲和我，曾经都是弱者。有些伤害，是人生给我的，是命运给我的。命运，借了母亲的手，爱我，伤我。母亲自己，也是被人生、被命运所伤。

母亲那一代女性，得到的鼓舞是"妇女能顶半边天"。她们有机会从家庭走向集体空间，展开社会生活。但是，她们在家庭之外的位置，还是模糊的，边缘的。与男人同工不同酬的现象，也被视为正常。社会工作增加了，家里那一摊子事情，却丝毫没有减少。

母亲们，常常熬通宵，给一家人手工做衣服，做其他各种家务。那个时候，家用电器极少，食物加工的各个环节，以及洗衣、打扫，都需要母亲劳作。即使这样，她们中有些人，依然不让自己的儿子接受家务培训，甚至鼓励他们不做家务。她们唯一能转嫁辛劳的对象，就是自己的女儿。

一位女友在日本"江户东京博物馆"看到"在 1915 年，女性每天花在家务活上的时间要达到 16 个小时。随着电器的使用，1961 年，女性做家务的时间降低到 10 个小时左右"。在 20 世纪 60 年代的中国，无论城乡，家庭妇女能够使用的电器，是有限的。我们可以想象一下，中国母亲们的家务劳动，以及那些"顶半边天"的工作，对她们的身心影响。

新中国成立后，妇女的医疗卫生条件得以改善。在农村，大力推行接生技术，大大减降低了婴儿的死亡率。随之而来的，是母亲们不得不养活更多的孩子。有些母亲，为了生出男孩，不停地生育。在物资匮乏的年代，大量母亲，不仅睡眠不足，还长期营养不良。在生理上，由于营养不良，休息不好，很多女性的"母亲职业病"之一，就是子宫下垂。本来隐藏在体内的子宫，长期暴露在身体之外。她们需要不断地换裤子，或者长期处于"月经"状态。连轴转的家务，嗷嗷待哺的孩子，不好处的婆媳关系，不懂体贴的丈夫，以及其他一切辛劳和不如意。她们脾气暴躁、阴郁悲观，那个时候，也没有人告诉她们，躯体艰辛，可能还混杂着产后抑郁症这回事。

如今，女性解放的步伐，继续迈进。冷藏卵子、代孕、人工智能……这些，都是新时代的新事物。这些新事物，伴随的是《欢乐颂》《都挺好》《娘道》、AYWAWA、"煮老师"这样的话题，新旧夹杂，有关"女性""婚姻""母亲""母爱"。

对于女性来说，更多选择，也意味着更多挑战；更多自由，也意味着更多的担当；更多元的价值观，也意味着养育孩子需要更复杂的智慧。

"关系千万重"，我们拥有无数身份和位置：孩子，家长，学生，老师，恋人，丈夫，妻子，朋友，同事，上司，下属，医生，病人，客户，顾客，旅客，读者，编辑……总之，几乎每一样行为和关系，都带给我们某种身份和位置。

我们一生，会和上千人交往，会和各种人发生牵连。但生命中最重要的人，也许不超过十个。如果做极限减法，减到最后一项，我们不能减去的是母亲。人间第一关系，是母子关系，我们的第一个身份，是孩子。母亲，是给我们孩子身份的那个人。

科技发展。人们观念变迁，逐渐出现一些"父亲式母亲"。她们到医院里，取出卵子，冷冻起来，到想要孩子的时候，就找人代孕，孩子出生后，就开个"产品发布会"告知亲友。可以说，这样的女性，已经最大限度摆脱了女性的生理限制。不过，女性的卵子数量，还是远远少于男性的精子数量，女性取出卵子的过程，也远比男性取出精子更复杂，过程比较痛苦。至于心理上，女性与孩子的牵连能不能借助"技术"改变，改变多少，或者为什么要改变，也许是当事人各自的"秘密"。

到目前为止，这种"父亲式母亲"，毕竟还是极少数。一般母亲，还是"身体力行"，以亘古以来的方式，孕育孩子，在当代大众医学条件下分娩，在时代主流观念下养育孩子。

如果命运的内涵，就是无法选择，那么，无论哪一种母亲，都是其孩子命运的第一个含义。我们无法选择出身，也可以说，是我们无法选择母亲（包括母亲的遗传基因、母亲为我们选择的父亲和宗族）。

在什么样的身体里被孕育，母亲拥有什么样的原生家庭，母亲受过什么样的教育，母亲的身心紧贴什么样的时代，母亲用什么样的眼光和心情注视孩子，母亲是什么脾气性格，母亲用什么方式爱孩子教育孩子……总之，母亲的一切，是孩子最初的命运。

母亲，是生命的源头，但不一定就是爱的源头和幸福的源头。

后记

母亲和孩子，都要仔细注意母亲的影响力。

母亲，尽心尽力哺育和扶持孩子，也要意识到，母亲的不当言行，对孩子具有的超级杀伤力。

孩子，也要能在成年人的帮助下，尽早意识到，母爱，是人间最温暖的棉花包，也是人间最锋利的刀。

家庭为什么会伤人？除了家人因"先天"关系过于紧密、缺少健康人际关系的边界意识等原因，还因为，"家文化"源远流长。今天，生活方式已发生巨变，"家文化"的底层意识，却并不与时俱进。

我们从小被灌输的"家文化"意识中，被刻意忽略、隐瞒、否认、歪曲了一些真实的东西。家人也是"人"，人性的弱点，不会因为"家"的掩护就"脱胎换骨"，有时候，恰恰会"变本加厉"。这种"变本加厉"，有时候，就会催生极端事件。比如，读北大的儿子冷酷地杀死母亲。这种极端事件，有时候，还会让本来真实、美好的那一部分家庭价值，受到污染。

当然，中国社会各方面，都在发生前所未有的转型。亲子关系，是这种转型中的基层力量。"推动摇篮的手，是推动世界的手"，这句话，恰如其分。比如，没有家庭关系、母子关系的民主，社会民主，个人尊严，从何而来？民主、尊严的导师，首先是母亲。

在历史的长河中，女性的处境和地位，不断在发生变化。女性所有的身份中，"母亲"这一身份，是最艰辛的。父权制的《摩奴法典》说："母亲被尊敬的程度，要超出1000个父亲所得的。"

《摩奴法典》这一句，在幸运的母亲那里，算是回报；在不那么幸运的母亲那里，则只是神话。

20世纪60年代末期，在美国女权运动中，也出现了"男性解放"的声音。《男性解放》一书的作者沃伦·法若认为：两性平分养育孩子的责任，是两性解放的关键。"独尊母爱"，对妇女的发展和孩子的成长都不利。他倡议破除"母爱的神话"，倡议男性与女性合作家政等。同时，他认为女性解放，可以带来男性的解放，男人不必再充当女性的长期饭票，社会也不必过于渲染男性的勇气与力量。

在21世纪的今天，频频发生的"母子事故"，在网络上广为传播。母亲带着孩子一起喝毒药、跳楼、跳河的社会新闻，触目惊心。

身边也不乏这样的事情。

有一次，我去一位企业家女友的办公室喝茶。那是一栋巨大的高档办公楼。我们喝茶到很晚，整个大楼静悄悄的。离开之前，我们去洗手间，在楼道尽头，碰到一个高大的男孩，沉默不语，做出各种鬼脸。女友说，他精神失常，和单亲母亲住在办公楼。那位母亲，自己开了一个小公司，也不雇人，就自己24小时运转，陪着儿子住在办公室里。

我不小心泄露了自己的恐惧感。女友平静地说："没事，他不会伤人。好多年了，我熟悉他们母子。稍微有点办法，也不会常年住在纯商业的办公楼里。唉，那个男孩的父亲，其他亲属，从来没有出现过。那个母亲，有多难。"

另一次，在另一位女友的朋友圈里，我看到一段日记：

夜里，被一个小孩的哭声吵醒。发现是邻居10岁的孩子，在走廊里拍着他自家的门，哭喊"妈妈开门啊，妈妈开门啊"。

我出去，问他怎么了，也不肯说，只说妈妈不在家。

我让他到我家来，跟他妈妈通了电话，他妈妈说，他总跑到手机店里玩游戏，书包也弄丢了，她还要上班，两点半才能回来。

等了两个多小时，小孩妈妈回来，把他接走了，但立刻听到，孩子在隔壁又哭起来，应该是挨打了，还不轻。

母亲的愿力

过了一阵，小孩来敲我家的门，说他妈妈又把他赶出来了。我让他在刚才给他搭的临时床铺睡下。已经三点半了。六点钟，我把孩子叫醒送回家。

　　我想，有一种崩溃，是妈妈累到绝望，绝望到连孩子冻饿危险，都不肯管了。

　　昨天，在地铁，见到一个二十多岁的女孩，蜷坐在地上。大概也是一种崩溃吧。一个地铁保安，在两米远的地方守着她。

　　人活着，总会有几次崩溃和多次濒临崩溃的时候吧。愿都能自助天助，平安度过。

看到这些文字后，我给女友打电话，关心更多的细节。女友说，那位母亲，独自带着孩子与人合租在她家隔壁，好几年了。女友曾听到母亲训斥孩子时说："在北京，读个书容易吗？"

想必是个有心气、重视孩子教育的母亲。想必，她已经承受了她不容易承受的不容易。可是，孩子不容易承受的不容易，比如孤独、恐惧、厌学等，却是她难以承受的。

然而，比起消失的父亲，身为母亲，她在极力坚持，在崩溃的边缘极力坚持。祝愿她能坚持得更久、更好。

后记

女人歇得吗？

唇亡齿寒，莫过于母子。有一首民歌叫《女人歇得吗？》，那低沉的旋律，仿佛匍匐在地，又显出补天之力。这首"女人之歌""母亲之歌"唱道：

太阳歇得吗？歇得。

月亮歇得吗？歇得……

太阳歇了有月亮噢，

月亮歇了有太阳噢。

太阳歇得吗？想歇就让它歇嘛；

月亮歇得吗，要歇就让它歇嘛。

太阳歇了嘛，还有那个月亮；

月亮那个歇了噢，还有那个太阳……

男人歇得吗，歇得；

女人歇得吗？歇不得。

男人歇了花照开噢，

女人歇了日子就歇下来了噢。

母亲的愿力

250

男人歇得吗？想歇就让他歇噢；

女人歇得嘛，想歇就歇不得哦。

女人那个歇了呦，日子就歇下来了哦……

女人那个歇得吗，歇不得，歇不得。

2019 年 5 月 28 日于西山林语

好书推荐

《女人30⁺——30⁺女人的心灵能量》
(珍藏版)

金韵蓉/著

畅销20万册的女性心灵经典。

献给20岁：对年龄的恐惧变成憧憬。

献给30岁：于迷茫中找到美丽的方向。

《女人40⁺——40⁺女人的心灵能量》
(珍藏版)

金韵蓉/著

畅销10万册的女性心灵经典。

不吓唬自己，不如临大敌，

不对号入座，不坐以待毙。

《优雅是一种选择》(珍藏版)

徐俐/著

《中国新闻》资深主播的人生随笔。

一种可触的美好，一种诗意的栖息。

《像爱奢侈品一样爱自己》(珍藏版)

徐巍/著

时尚主编写给女孩的心灵硫酸。

与冯唐、蔡康永、张德芬、廖一梅、张艾嘉等

深度对话，分享爱情观、人生观！

《时尚简史》

[法] 多米尼克·古维烈 /著　治棋 /译

流行趋势研究专家精彩"爆料"。

一本有趣的时尚传记，一本关于审美潮流与
女性独立的回顾与思考之书。

《点亮巴黎的女人们》

[澳]露辛达·霍德夫斯 /著　祁怡玮 /译

她们活在几百年前，也活在当下。

走近她们，在非凡的自由、爱与欢愉中
点亮自己。

《巴黎之光》

[美]埃莉诺·布朗 /著　刘勇军 /译

我们马不停蹄地活成了别人期待的样子，

却不知道自己究竟喜欢什么、想要什么。

在这部"寻找自我"与"勇敢抉择"的温情小说里，你
会找到自己的影子。

《属于你的巴黎》

[美]埃莉诺·布朗 /编　刘勇军 /译

一千个人眼中有一千个巴黎。

18位女性畅销书作家笔下不同的巴黎。

这将是我们巴黎之行的完美伴侣。

悦读阅美·生活更美

＊好书推荐＊

《中国绅士（珍藏版）》

靳羽西/著

男士必藏的绅士风度指导书。

时尚领袖的绅士修炼法则，

让你轻松去赢。

《中国淑女（珍藏版）》

靳羽西/著

现代女性的枕边书。

优雅一生的淑女养成法则，

活出漂亮的自己。

《点亮生活的99个灵感》

靳羽西/著

精彩生活典范靳羽西给你的智慧建议，

用一个个细节处的闪光点，

成就你的闪亮人生。

《选对色彩穿对衣（珍藏版）》
王静/著

"自然光色彩工具"发明人为中国女性
量身打造的色彩搭配系统。
赠便携式测色建议卡+搭配色相环。

《识对体形穿对衣（珍藏版）》
王静/著

"形象平衡理论"创始人为中国女性
量身定制的专业扮美公开课。
体形不是问题，会穿才是王道。
形象顾问人手一册的置装宝典。

《围所欲围（升级版）》
李昀/著

掌握最柔软的时尚利器，
用丝巾打造你的独特魅力；
形象管理大师化平凡无奇为优雅时尚的丝巾美学。

＊好书推荐＊

《优雅与质感1——熟龄女人的穿衣圣经》

[日]石田纯子/主编 宋佳静/译

时尚设计师30多年从业经验凝结，

不受年龄限制的穿衣法则，

让你轻松显瘦、显年轻。

《优雅与质感2——熟龄女人的穿衣显瘦时尚法则》

[日]石田纯子/主编 宋佳静/译

扬长避短的石田穿搭造型技巧，

解决熟龄女性的时尚困惑，

让你更加年轻灵动、优雅迷人。

《优雅与质感3——让熟龄女人的日常穿搭更时尚》

[日]石田纯子/主编 宋佳静/译

衣柜不用多大，衣服不用多买，

只要找到诀窍，你的日常装扮

就能常变常新，品位一流。

《优雅与质感4——熟龄女性的风格着装》

[日]石田纯子/主编 千太阳/译

提升穿搭能力和着装品位，

让你选择的每套衣服都能形成

自己的着装风格。

《手绘时尚巴黎范儿1——魅力女主们的基本款时尚穿搭》

[日]米泽阳子/著　袁淼/译

百分百时髦、有用的穿搭妙书，

让你省钱省力、由里到外

变身巴黎范儿美人。

《手绘时尚巴黎范儿2——魅力女主们的风格化穿搭灵感》

[日]米泽阳子/著　满新茹/译

继续讲述巴黎范儿的深层秘密，

在讲究与不讲究间，抓住迷人的平衡点，

踏上成就法式优雅的捷径。

《手绘时尚范黎范儿3——跟魅力女主们帅气优雅过一生》

[日]米泽阳子/著　满新茹/译

巴黎女人穿衣打扮背后的生活态度，

巴黎范儿扮靓的至高境界。

好书推荐

《我减掉了五十斤——心理咨询师亲身实践的心理减肥法》

徐徐/著

让灵魂丰满，让身体轻盈，

一本重塑自我的成长之书。

《OH卡与心灵疗愈》

杨力虹、王小红、张航/著

国内第一本OH卡应用指导手册，

22个真实案例，照见潜意识的心灵明镜；

OH卡创始人之一莫里兹·艾格迈尔（Moritz Egetmeyer）

亲授图片版权并专文推荐。

《女人的女朋友》

赵婕/著

情感疗愈深度美文，告别"纯棉时代"，走进"玫瑰岁月"，

女性成长与幸福不可或缺的——

女友间互相给予的成长力量，女友间互相给予的快乐与幸福，

值得女性一生追寻。

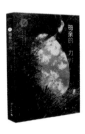

《母亲的愿力》

赵婕/著

情感疗愈深度美文，告别"纯棉时代"，走进"玫瑰岁月"，

女性成长与幸福不得不面对的——

如何理解"带伤的母女关系"，与母亲和解；

当女儿成为母亲，如何截断轮回，不让伤痛蔓延到孩子身上。

《管孩子不如懂孩子——心理咨询师的育儿笔记》
徐徐 / 著

资深亲子课程导师20年成功育儿经验，

做对五件事，轻松带出优质娃。

《太想赢，你就输了——跟欧洲家长学养育》
魏蔻蔻/著

想要孩子赢在起跑线上，

你可能正在剥夺孩子的自我认知和成就感；

旅欧华人、欧洲教育观察者

详述欧式素质教育真相。

资优教养：释放孩子的天赋
王意中/著

问题背后，可能潜藏着天赋异禀，

资质出众，更需要健康成长。

资深心理师的正面管教策略，

从心理角度解决资优教养的困惑。

阅美文化 悦读阅美·生活更美

＊好 书 推 荐＊

《茶修》

王琼/著

中国茶里的修行之道，

借茶修为，以茶养德。

在一杯茶中构建生活的仪式感，

修成具有幸福能力的人。

《玉见——我的古玉收藏日记》

唐秋 / 著　石剑 / 摄影

享受一段与玉结缘的悦读时光，

遇见一种温润如玉的美好人生。

《与茶说》

半枝半影 / 著

茶入世情间，一壶得真趣。

这是一本关于茶的小书，

也是茶与中国人的对话。

《一个人的温柔时刻》

李小岩/著

和喜欢的一切在一起，用指尖温柔，换心底自由。

在平淡生活中寻觅诗意，

用细节让琐碎变得有趣。

《牵爸妈的手——让父母自在终老的照护计划》
张晓卉/著

从今天起，学习照顾父母，
帮他们过自在有尊严的晚年生活。
2014年获中国台湾优秀健康好书奖。

《在难熬的日子里痛快地活》
[日]左野洋子/著 张峻/译

超萌老太颠覆常人观念，用消极而不消沉的
心态追寻自由，爽朗幽默地面对余生。
影响长寿世代最深远的一本书。

《我们的无印良品生活》
[日]主妇之友社/编著 刘建民/译

简约家居的幸福蓝本，
走进无印良品爱用者真实的日常，
点亮收纳灵感，让家成为你想要的样子。

《有绿植的家居生活》
[日]主妇之友社/编著 张峻/译

学会与绿植共度美好人生，
30位Instagram（照片墙）达人
分享治愈系空间。

悦 读 阅 美 · 生 活 更 美